神蔵器の俳句世界

南うみを

ウエップ

神蔵器の俳句世界*目次

神蔵器の俳句世界

土踏まぬ月日——第一句集『二代の甕』の世界

本書では私の師である神蔵器の十一冊の句集を順に読みながら、神蔵器の師である石川桂郎の俳句世界をいかに継承し、また独自の表現世界を形成していったかを明らかにしていきたい。その前に、神蔵器がどのようにして俳句と出会い、深く入っていったかを『二代の甕』の石川桂郎の序文から探ってみたい。長くなるがここに引用する。

昭和二十一年一月三日、私は都心の間借り先から、この鶴川村へ引越して来た。隙間風だらけの物置小屋同然の家で、親子四人の寝具すら満足になかった。金や衣類では一合の米も買えず、地主さん一家のほか口をきいてくれる村人は一人としてなく、そけえもの〈疎開者〉扱いは頑として解けない有様であった。

ある日、田を隔てた農家の一軒に戦地から遺骨が還り、葬儀があると聞いて、僅かな

がら香典を包み通夜に上ったが、仏壇に額ずいている後から、

「赤飯でも喰いに来ただんべ……」

そんな囁きを耳にした。死者に赤飯を炊くのは、この土地の習慣だが、都内の下町で育った私には、その農家が向う三軒両隣に当る、ただそれだけの当然の儀礼だった。以来私は、顔見知りの農家の人に、ゆきずりの挨拶もしないことにした。こういう話を挙げたらきりがないのでやめるが、毎夜のごとく泥酔して帰る私もまた、忽ち悪評の矢面に立ったようである。

桂郎が引越して来た鶴川村での出来事である。続いて、
翌二十二年の三月頃だったと思う、その夜はとりわけて寒く、私は友人から貰った火桶を抱え、独り薬用アルコールを飲んでいた。
そんなところへ、二人とも神蔵姓を名乗る青年が訪ねてきて、俳句を作りたいが面倒を見てくれるかと訊かれた。私の家は神蔵の姓に取り囲まれている様なところにあったから、しかも、私が俳句を作ることなぞ誰一人知るまいと思いこんでいただけに、この

二人の訪問は意外でもあり、胸に灯がともるような暖かさを覚えた。これで村八分の一画がくずれたという安らぎもあったに違いない。その一人の高校生が、今日の神蔵器氏である。

春泥や足跡ごとの水溜り

を示されたとき、とっさに「水明り」と座五を改めたのを、氏は瞠目したと言っているが、都会から来て始めて知った農村の夜の暗さにとまどっていた私は、この春泥を夜の句に置き替えただけのように憶えている。

当時、私の寄りどころとした「鶴」は年に二三冊しか発行されていず、神蔵氏に投句を勧めるには、私と師系にあって優れた俳人である斎藤玄主宰の「壺」を紹介するほかなかった。同誌への投句は二十二年の夏から二十四年におよんだが二十三年七月胸をやられた氏は、自宅の離れになる蚕室の二階で安静療養の日々が続きはじめたのである。以来五年間、氏と私の今日におよぶ友情の結ばれる大事な月日の積み重ねにこそなったが、はげしい喀血を前に、私はただ呆然と手をこまねいていたことが屢々であった。

続けての、その後のいきさつである。

病床の世話は優しい嫂の手にまかせられていたが、同姓だが縁戚に当らぬ近くの錺職の細君が補助食を運び、他人とは思えぬ手厚い看護もあって、一時期重態だった氏も、二十八年ようやく快方に向うことができた。『二代の甕』の亡き母を詠った秀作は、すべて、後に養子縁組みしたその錺職の義母に手向けたものである。

氏は明治大学文芸科を中途退学し、錺職を身につける修業をした。職人というもの、小僧の頃からの苦労がなくては、なかなか一人前になれるものではないから、今日一家を成すに至るまで、どれほど身を削る辛苦があったか、察するに余りあるものがあろう。

しかし、氏の熱意と天性の勘のするどさによって立派に職を身につけたこと、それは即、氏の俳句精進にも通じるもので、『二代の甕』を繙いて下さる方々によく理解されるであろう。私は神蔵氏の俳句の師とは思っていない。氏を知って三十年になるが、その作句活動を腕を組んで、ジッと眺めて来たというのが本音である。だからいく度か、厚い壁にゆき当って悩んでいる姿も見て来たが、壁は自分で破るべし――と、冷やかに突き離して、助言らしい助言など一度もしていない。

『二代の甕』の草稿に目を通しながら、座職の、亡き母を忍ぶ作品その他に感動しつつ、私自身の氏にとった道もまた間違いではなかったことを識り得た。

この序文から神蔵器が高校時代にすでに、石川桂郎の門を叩いたことがわかる。当時桂郎はまだ結社を立ち上げておらず、波郷の「鶴」の同人であった。戦後まもない「鶴」は定期に刊行できていなかったので、桂郎は盟友の斉藤玄の「壺」に神蔵器を預け、投句させた。器はしばらくして中島斌雄の「麦」に移る。ところがその頃結核を患い、療養生活を余儀なくされた。昭和二十七年頃から恢復に向かい、その後の養子縁組、結婚、鎊職を継いだことなどをこの序文から辿ることができる。そして念願の「風土」に入会するのは昭和三十七年までまたなければならなかった。桂郎の膝下で俳句を学び、俳句をぶつけて、十数年後の昭和五十年にこの第一句集は誕生したのである。

それでは第一句集中の二十七年の句作の歴史を辿ってみよう。

秋 景 の 隅 に わ れ 置 き 囃 子 聞 く

麻 薬 う つ や 吹 か る る の み の 柿 落 葉

熱兆す木の芽の力加りて
やがて喀く血に胸うづく汗のうち

一句目は、臥せている「われ」に遠くから秋祭の囃子が聞こえてくるという景色を見せ、「秋景の隅」と置くことで、「われ」が忘れられている存在であることを、リリカルに伝えている。二句目も「吹かるるのみ」と置くことで、「柿落葉」と「われ」を重ね、「われ」の存在価値に一種の諦念を覚えている。三句目、四句目は、結核独自の身体感覚を芽吹きのエネルギーと「熱」に、また胸をせりあがってくる血で表現している。いずれの句にも青年期特有の暗い抒情性が漂っている。

土踏まぬ月日牡丹の芽はいかに
旭の中に生きてゐて蚊帳はづさるる
はたはたや胸指して来ぬ癒えし胸

一句目は「土踏まぬ月日」で、長い病床生活を伝えながらも、「牡丹の芽」の張り具合を気にしている様子から恢復への兆しを読み取れる。また二句目は、朝日を全身で浴びながら、病床の象徴のような「蚊帳」がはずされる喜びを伝えている。そして三句目、恢復し戸外の空気を胸いっぱい吸いながら、飛蝗が胸に飛び込んできたのを、「胸指して来ぬ癒えし胸」と、取り戻した健康に頷いている。

ここまで読むと、「われ」を柱にして俳句世界を作り上げてゆく、いわゆる「境涯俳句」の手法を学んできたことが手に取るように解る。石川桂郎の弟子ならばこそである。

梅咲くや濡手の妻をいくど呼び
鳥総松妻ゐる筈の美粧院
夫婦して覗ける妻に鰤高値
大根買ふ無造作の妻おそれけり
短日や母来て妻をつれ去りぬ

ここに採りあげた句は「われ」の周辺を素材としたもので、「妻」の句を並べてみた。一句目は「いくど呼び」に、健康になり、妻を得た喜びが伝わってくる。「梅が咲いたぞ」と理由をつけいっしょにいたいのだ。二句目は正月が明け、外出している妻が気になっている様子を描いたもので、「妻ゐる筈」に妻への親密感がある。三句目、四句目は夫婦での買い物の一齣である。「大根買ふ無造作の妻」に妻のあっけらかんとした性格を垣間見る。五句目は、妻の実家の母がやってきた折の一齣である。「短日」から年用意など忙しい日々を想像するが、結局妻の実家の用事が優先されたのである。それを「妻をつれ去りぬ」と置いた。これらの句を読むと映画のワンシーンを観ているように、妻がクローズアップされている。

子の声の天降る春の遊園地
日焼せぬ吾子を押しやる波の前
日向臭き髪切り揃へ二学期来ぬ
父と子や鳴子しきりの肩車
夜の秋や触れて飛び出す子のおもちゃ
あたたかや机に睡る子を剝す
子が飼つてただの毛虫でありしかな
一つ家に子と会はぬ日や柿を剝く

これらの句は結婚して、子供を授かり、その成長の過程を句にしたものである。一句目は、遊園地の観覧車の高みからの子供の声を「天降る」と捉え、嬉々とした表情を想像させる。二句目は外で遊びたがらない子を海水浴へ連れ出したところだ。「押しやる波の前」に父親としての愛情が表れている。師の桂郎に「入学の吾子人前に押し出だす」があり、下敷きにしていることが解る。三句目、四句目はそれぞれ「日向臭き」や「肩車」で活発になった子の様子が伝わる。また五句目や六、七句目は子の遊びやどこででも寝る子の様子が読み取れる。最後の句は成長した子との擦れ違いの生活が描かれている。鎊職として一日を家で過ごすリズムと成長して外での時間が多くなった子の生活リズムが合わなくなったのだ。「柿を剝く」に成長を喜びつつ、淋しさを感じている作者がいる。

霜雫父の余命を計りをり
父と子に一筋冬田道つらぬく
癌の父とゐて千金の春の宵
水盤に睡蓮父は亡かりけり
苧殻火や死後多辨なる父迎へ
燈籠や飲みなれし水父に供ふ

これらの句は実の父が癌に倒れ、その死に直面した過程を詠んだものである。二句目の「一筋冬田道つらぬく」に、農を生業とした父の生涯を思い遣る作者が読み取れる。また五句目の「死後多辨なる父」とは、無口な父との思い出が次々思い出され、その言葉が溢れんばかりであることを巧みに伝えている。また最後の「飲みなれし水」には、父親への細やかな思いを読み取れる。

立春を母に言はるる二階より
水仙や母入院に拇印捺す
母と佇つ今日が了ひの花吹雪
花冷の厄除大師母病ます
母癒えしか青落柿の道に殖え
家の奥に蹠見せ伏し田水湧く
母の病室逃げくれば竹皮を脱ぐ
秋茄子を焦すも母の百ケ日
母恋へば竜の髭の実地に灯る

これらの句は養母を詠んだもので、父に次ぎ養母も失ったことがわかる。三句目は入院の前の母と花見を共にしたもので、「今日が了ひ」に不安を隠しきれない作者がいる。五句目では「母癒えしか」と小康が見られるが、七句目の「母の病室逃げくれば」が再び入院の母の病の重さを知らせている。八、九句目はすでに母を失ってからのもので、「秋茄子を焦す」や、「竜の髭の実」に母の好んだものを通して偲んでいる。

ここまで読んできて、神蔵器が「われ」をその身ほとりの「妻」「子」「父」「母」を、つまり生活を丁寧に詠み、桂郎の俳句にいかに忠実であったかがわかる。そしてその極め付きが、錺職としての「われ」を詠んだ作品群である。

鋸刃嘗め鉄臭き口やクリスマス
金解かす辺を掃かれをり十二月
指輪作るうしろどつかと年の暮
下職や寒の雑布きしますも
六月の顔の大きく金を煮る
金澱む二代の甕や西鶴忌

底つきし汲置水や鳥渡る
底冷や酸素ボンベを幾度跨ぎ
耳輪作る小股のぞきに三十三才
硫酸を買ふややかかへて日の盛り
錺屋の刻つなぐ螻蛄鳴きにけり
へらだこを責める一途に春嵐
柊挿す父を師として錺職
押木即句作の机夜の秋
レモン水職人の面押とほす
父に勝るものに背丈や八つ手咲く
花冷や起つたび減つて金の粉
舐めて癒す火傷のほてり日脚伸ぶ
金こぼす木鉢を股の春惜しむ

これらから数句を採りあげてみる。三句目は、年末になってもまだ注文の「指輪」が出来上がっていないことを知らせ、「うしろどつかと」に心理的な圧迫感が出ている。また六句目はこの句集のタイトルになった句である。「二代の甕」は師である養父から引き継いだ、洗い落とした金を溜める甕である。錺職の象徴の甕に「西鶴忌」を取り合わせ、簪や櫛などの細工物を身につけた女人のイメージへ繋げている。また八句目、十句目の「酸素ボンベ」や「硫酸」は錺職の道具の一端が覗かれる。そして十四句目の「押木即句作の机」には、職人の意識と俳人の意識を大切に考えている器が端的に現れている。十六句目の「父に勝るものに背丈や」は、錺職の父を師として仰ぐよろこびを、さりげない「花八手」に含ませている。総じてこれらの作品群には錺職としての自負が滲み出ていると言えよう。

師病めり藪巻の角伸びほうけ
師の留守や竹を叩きて雪かぶる
口をつく師の句に修す桜桃忌
酒を断つ師とのひととき三日過ぐ

さて、器は師の桂郎をどう詠んでいるか。一句目は病気がちだった師への想いが、また二句目には「七畳小屋」で師に会えなかった無念さが読み取れる。三句目は、桂郎の「太宰忌の蛍行きちがひ行きちがひ」を踏まえたものである。四句目は酒好きの桂郎のしょんぼりとした様子が目に浮かぶようだ。いずれにせよ桂郎の近くにいるという喜びが感じ取られる。

窯守に葱青きまま日の暮るる
雪喰つて炎を煽る登り窯
あたたかや指紋を残す土塊(たま)造り
降る雪や白鳥を呼ぶ声の縫ふ
白鳥の餌刻雪嶺はなやげり
白鳥の首より寝落つ雪深し
白鳥の吹き離されぬ眠るまま
白鳥やアンデルセンの森沈む
水音の無明へ放つ鵜の若し
狗尾草はじき若鵜に縄加減

句集を読み進めていくと、昭和四十三年頃より旅吟が多くなってくる。器の身ほとりが落ち着いてきたことと、桂郎に随行することによるものかもしれない。一句目は「益子焼」を詠んだもので、「窯守」の生活の一端が見られ、窯の近くの葱畑がつつましい。二句目は、「雪喰つて炎を煽る」に登窯の勢いとともに旅の高揚感が伝わってくる。七句目は「瓢湖」での白鳥を詠んだもので、「吹き離されぬ眠るまま」に白鳥の生態を的確に摑んだ「写生の眼」がある。また八句目の「アンデルセンの森沈む」には遊び心も見られる。九句目は、長良川の鵜飼いを詠んだもので、真の闇へ放たれた鵜の「水音」に若々しさを聴きとっているのだ。研ぎ澄まされた感覚と言えよう。これらの句からは、これまでの身ほとりの素材から解放され、新たな表現領域へ踏み出したことを確認できる。

『二代の甕』を読み終えて、桂郎から学んだ「われを含めて生活する人間を詠む」が作品として血肉化されているのを知ることができる。そしてそこに登場する「われや妻、子」には暗さが見られない。父母の死を詠んだ句でも深刻さを出したものがない。これは神蔵器という俳人の天性の資質かもしれない。最後に次の句群を挙げる。

夜はまだ未知のままあり黄水仙

寺一つ浮かす筍流しかな

走馬灯閨着せられて売られけり

豆腐の角全し天皇誕生日

寒椿四五歩の距離の遠かりき

一句目の「夜」を「未知」と捉える意識、二句目の「寺一つ浮かす」という大胆な措辞、三句目の「閨着せられ」の言い換え、四句目の「豆腐」と「天皇誕生日」の意外な取り合わせ、そして「寒椿」との対峙などは、神蔵器の新たな表現世界を示唆するものではなかろうか。

桂郎へのレクイエム——第二句集『有今』の世界

第二句集『有今』を読み進めていく。『有今』は昭和五十年から五十五年までの句をおさめているが、五十年の十一月六日に、石川桂郎は食道癌で亡くなっている。実は第一句集『二代の甕』が出来上がったのは五十年の十月末で、その序文も桂郎が病床で書いたものであった。出来上がったばかりの『二代の甕』を届け、病室を出ようとした時、明日をもしれぬ桂郎から「出版おめでとう」と声を懸けられたのである。第二句集『有今』はここから出発しており、桂郎へのレクイエムの句集と言ってもよい。

（昭和五十年）

爪寒し師と会ふレントゲン室の前

酒を断つ師や花木瓜と遠かりき

尺蠖の尺の狂はず師酒断つ

一句目には「聖路加病院に入院」と前書きがある。レントゲンの検査が終わり、癌でやせ細った桂郎と二言三言ことばを交わす。桂郎の死を意識せざるを得ない不安が「爪寒し」という身体感覚で捉えられている。二句目、三句目では、あれほど酒好きであった桂郎が酒を断たれた様子を、「花木瓜」や「尺蠖」と対比させ、桂郎の弱々しい姿を現出させている。

身をもんで一夜に枯るる萩の丈
枯れ柿の影を継ぎ足す葬幕
ひとたびは柩に触れし柿落葉
一ト束の豪雨駈けぬく時雨中
色紙替へ十一月を送りけり
桂郎亡し朝顔の種子吹き分けて

一句目には「十一月六日、午前十時四十分、石川桂郎永眠」と前書きがある。「身をもんで」は器の悲痛の叫びを萩の枯れざまに重ねたもので、器の「われ」の心性が見事に描かれている。二句目は葬儀の準備を描いたもので、「影を継ぎ足す」に、庭の柿の枝に鯨幕を張る様子がわかる。また三句目は、開け放たれた座敷まで柿落葉が飛んできたのである。「ひとたびは柩に触れし」に桂郎と庭の柿の木の関係がうかがえる。
そしていよいよ本葬である。四句目は、時雨の中を強い雨が走っていく様子を描いている。桂郎は雨男で有名であった。時雨は桂郎の葬儀には合う。そこへ更に「一ト束の豪雨駈けぬく」である。破滅型の桂郎の葬儀なればこそと器は書きとめたのである。五句目、六句目は桂郎を送り、呆然とした器の様子が見られる。部屋の桂郎の色紙がまだ秋のものだったのに気づき取り替えたのである。「ああ、もう十二月か」とつぶやきつつ。また「朝顔の種子吹き分けて」という日常の所作から、ふと桂郎がいないことを確かめるともなく確かめており、喪失感が表出されている。

短日の冷酒に足とられけり
冬ざれや師を待つ畦の八方へ
死におくれ牡蠣のうまさをかなしめり
師を慕ひ師を恨むなり日向寒

一句目には「七七忌」の前書きがある。まだこの世に迷う桂郎の魂をあの世へ送る日だ。酒好きの桂郎を偲んで、下戸の器が冷酒を酌む。「足とられけり」は酔いのせいだけではないだろう。二句目の「畦」は、桂郎がよく通った七畳小屋への往来の畦である。そこに立つとひょいと桂郎が現れてくるような気がするのである。三句目は食通の桂郎を想い起こしての作である。かつて共に食べた「牡蠣のうまさ」が却って哀しみを深くするのである。「死におくれ」から器の心の空虚感が伝わってくる。そして四句目は、亡き桂郎への心情をそのままに吐露したものだ。「師を慕ひ師を恨むなり」としか言いようがないのである。

二日はや竹の声聴く七畳小屋　（昭和五十一年）
辛夷咲きわが手に届く一花なし
迎火を焚けば来る師や鬚の伸び
菊膾地獄の沙汰を待ちてをり
師に分たむ雀の丈に草の露

一句目は、年が明けた五十一年の正月の句である。どうしても桂郎の七畳小屋へ足が向く。主のいない七畳小屋のまわりの竹が風に騒いでいる。何度も聴いた音だが桂郎はいない。二句目には「師の墓地決る」の前書きがある。現在、町田市の青柳寺に墓地があるが、木立に恵まれた寺である。「わが手に届く一花なし」に、はるかな世界へ旅立った桂郎への想いを汲み取ることができる。

三句目は、桂郎の初盆を迎えた時の作だ。「鬚の伸び」は桂郎が入院中に伸ばしていた山羊のような顎鬚で、今でも写真に残っている。また四句目の「地獄の沙汰」は、桂郎の蛇笏賞受賞の挨拶の言葉を踏まえたもので、ここに一部を引用する。「極楽へいってもつまんないやつばっかりで、……まあ私が死ねばやっぱり地獄にいきたいです。なぜかといえば、三鬼だの波郷なんて、絶対に極楽にいける男じゃありませんから。地獄にいかない限り、話し相手がいないと思っていますから。」破滅型の桂郎らしい挨拶である。器は地獄からの桂郎のよもやま話を待っているのである。そして五句目の「草の露」も桂郎の病中吟を踏まえたものだ。口からの食事ができなくなった桂郎は「甘からむ露を分かてよ草の虫」と詠んだのである。器は背の低い草の露を集めて、霊前に供えた。

ここまで入院中から死後一年までの桂郎への句を読んできたが、器の「われ」の心の動きが実に克明に伝わってくる。桂郎から学んだ境涯俳句の手法が、桂郎の死で生かされていると言えよう。

句碑建つや丹波の奥も田水張る　（昭和五十二年）

この句は京都の丹波、夜久野町の瑞光寺に建てられた桂郎の句碑を詠んだものである。これには少しいきさつがあるので述べる。当時、「風土」の幹部同人であった京都は舞鶴の浜明史は、桂郎の火葬の折、遺骨の一部をさっとハンカチに包み、遺族に頼んで分けてもらったのである。分骨のある句碑を関西に建てたい思いがさせた行動であった。幸い、丹波の夜久野町の瑞光寺には、「風土」同人で住職の今西昭道がおり、桂郎死後二年という早さで「遠蛙酒の器の水を呑む」の句碑が建ったのである。「田水張る」なので蛙も鳴きだす頃だ。ちなみに後に器の句碑も建ち師弟句碑の寺となった。

桂郎忌わが影に入り水迅し　（昭和五十三年）
忌一つ修し十一月の逝く

昭和五十三年には桂郎を詠んだ句は二つだけで、「わが影に入り水迅し」とさらりと流している感があり、桂郎を失った悲しみが薄れていくのが読み取れる。

桂郎の畦摘草の人を乗す　（昭和五十四年）
桂郎の蕎麦の並木も打水す

寸減るは亡き師の来しか蝮酒
運動会の師の扁平足を思ひけり
歩きつつ柿食ふ桂郎忌の近し
桂郎忌了れば冬の来てゐたり

この句集最後の方、昭和五十四年になると、桂郎は懐かしさを伴って句に現れてくる。一句目は桂郎が「昼蛙どの畦のどこ曲らうか」と詠んだ鶴川の田の畦だ。その畦で村人たちがのんびりと草を摘んでいる。二句目は桂郎の好んだ「やぶ蕎麦」の店「並木」を詠んだもので、「打水す」に老舗のたたずまいが見える。三句目はみちのくの「風土」同人、小林輝子さんを訪れた時の句で、桂郎も呑んだであろう「蝮酒」を詠んだものだ。「寸減る」に微苦笑する。そして四句目では「扁平足」の桂郎をクローズアップする。最後に「柿」が実れば「桂郎忌」の近いことを知り、十一月六日の「桂郎忌」が済めば冬が来るのである。器にとって桂郎を亡くした悲しみが薄れていくことは、桂郎の言葉や姿が心の奥に刻まれていくことであり、「桂郎離れ」を通して「器の俳句」を立ち上げていくことである。しかしこの段階ではまだはっきりと出て来ていない。

サフランや病室に茶器とゝのふも
冬　苺　二　つ　に　終　る　患　者　食
春暁やチャイムが知らす検温時
術後の父眠らす木の芽起しかな
術後十日父に時なし地虫出づ
病む父を背に髭剃るや彼岸寒
父死なすためかげろふの坂急ぐ
父葬り来し手を洗ふ朧かな
満身に花浴びて佇つ父の死後
新盆や足らざるものは足らぬまま
霊棚の奥を起つたび覗きけり
父の忌や父を忘るるビール噴く

（昭和五十三年）

（昭和五十五年）

器はもうひとつの悲しみと遭遇する。それは錺職の師であり、もう一人の父（養父）の死である。並べた句の中で主だった句を採りあげてみる。五句目の「術後十日父に時なし」

から回復の見込みがないことがわかり、自然の営みの「地虫出づ」との落差感を伝えている。六句目の「父を背に髭剃る」も、死にゆく者と今生きている「われ」とのジレンマを伝える。そして七句目はこれらの句の中でピークを成すものだ。「父死なすため」とは、様々の痛みから父を解放させたい心が吐いたことばである。逆説的であるが、器のやさしさが出ている。「かげろふの坂」も死に近い父を暗示している。

そして、父を葬り、新盆を迎える。十句目と十一句目の「足らざるものは足らぬまま」や、「起つたび覗きけり」には、桂郎とは違い、父の魂を家族として身近に感じていることが言葉に出たものである。器はこの後、錺職としての一人立ちも余儀なくされる。

お降りや一番客に起さるる

妻と別の灯に錺師や絹糸草

錐もんで手に錆噴くか梅雨深し

（昭和五十年）

鉄線花家を出ぬ日の蹠拭く

職人の灯をおごる冬の蘭

印泥の二ヶ色合す西鶴忌

（昭和五十二年）

鎊師の日の端にゐて二月逝く

職人に日限りの切れ目春蚊出づ

（昭和五十五年）

さて、器は生業としての「われ」をこの句集ではどう詠んでいるか。まず第一句集『二代の甕』に比べて句の数が極端に減っている。主だった句を採りあげてみる。二句目は夜になっても仕事が続く座職の「われ」を詠んだもので、孤独感を「絹糸草」で慰めている。四句目も座職の日常を垣間見る。夕方になって家の外に出ていないことに気がつくのである。また六句目は『二代の甕』の「金澱む二代の甕や西鶴忌」に似ており、発想のパターン化は否めない。おそらく鎊職としての「われ」を、微に入り細を穿つ表現は『二代の甕』で詠み尽くされたのではなかろうか。ここに「われ」を柱に詠む境涯俳句の難しさがある。

子に与ふ金おそろしや菜種梅雨

寮へ帰す子へハンカチの真つ白き

応へつつ妻の近づく泉の辺

雪の夜の妻を離るる皿の音

一寒雷われに聞えず妻の聞く
葱きざむ妻が信じて風邪封じ
妻と同じ薬おかしき冬隣
ぼうたんの芯深きより妻の声

では「われ」のまわりの「子」や「妻」はどうか。一句目と二句目は「子」を詠んだものだが、「金おそろしや」や「寮へ帰す」に、成長した子の生活を把握できない心情を見ることができる。それに比べ「妻」は、「皿」や「葱」、「薬」などの日常生活の素材で詠まれている。ただし八句目のように「妻の声」を牡丹の精と重ねて詠むなど感覚を優先する句も現れている。

さて、生業としての「われ」や「われのまわりの人間」の句が少なくなっていく中で旅吟の句が増えてくる。

裏口より高き二日の怒濤かな
雪の軒に焼鰯吊り廓あと

水替穿子膝に氷柱の昼育つ
雪水をしぼる滴り甃あと
墓石はむしろあたたか雪を掘り
雪載せて笹の小匙も流人墓地
一つ疑ひ二つたしかや鰤起し
薄氷の芯のごときを手にすくふ

これらは佐渡での作で、佐渡の自然や暮らし、歴史が丁寧に描かれている。中でも「鰤起し」や「薄氷」の句は器独特の感性が摑まえた世界で、モノの本質へ迫っている。

かまくらの洩らす灯のうち人流れ
雪より抜き一升壜の甘酒足す
朝市や凍れる雪の上掃かれ
かごかごのときに婆ゐて稗抜けり
みちのくにさらに奥ありいなびかり

マタギ部落の隅々晒す秋日かな
古民具の貧乏徳利蚊を吐けり
鬼やんま朝餉よばるる卓に来て
岩魚焼くすでに肩まで暮れてゐて

これらは「みちのく」で得た句である。当時俳壇は風土性俳句へ傾いていたが、器の場合は少し違う。「佐渡」は桂郎の旅の跡を辿ったもので、「みちのく」には桂郎の時代からの「風土」同人、森屋けいじや小林輝子がおり、その交流が主な旅であった。器にとって「みちのく」の人のやさしさや暮らしに触れることは喜びであった。

うす目して春愁は伎芸天女にも　（秋篠寺）
瓦一枚寄進の筆や春の逝く　（東大寺）
一日を余さず使ひわらび餅　（二月堂）
馬酔木咲く大釣鐘は音集め
塔見ゆる田の一枚の起しあり

春惜しむ唐招提寺裏ふかき

夢違観音ことに花冷す

たかんなの兆す百段息切らし　（白毫寺）

器のもう一つの旅は奈良であった。奈良には盟友と言うべき「風土」同人、酒井章鬼がいた。奈良は桂郎の旅の跡ではなく、章鬼やほとけ達と語らう、心やすらぐ処として、器はこのあとも何度も訪れる。

さて、ここでこれまでとは違う器独特の表現の世界を覗いてみたい。

日向ぼこ繭に籠りてゐるごとく

滝仰ぐ火のごときもの突きぬけて

年酒酌む口中に梅ひらくごと

凍滝を山に立てかく琴のごと

いずれも比喩の句であるが、大胆な素材に驚く。一句目の「日向ぼこ」を、そのぬくもりと姿から「繭に籠る」と喩えた。二句目は「滝」を「火」という対極のものに喩え、激しい心性を伝えている。三句目は「年酒」を含んだ時の香味を梅の香りと白さに喩えている。下戸なればこその感覚かもしれない。そして四句目は句柄も大きく、「凍滝」を「山に立てかく琴」に喩えた。凍った滝の形状を巨大な琴に見立てたのだが、滝音もこの琴に秘められている。器の感覚の鋭さが、比喩の作品に現れている。

もう一つは感覚から認識へと深まっていく作品である。

寒椿四五歩の距離の遠かりき　『二代の甕』
椿ともる一枚ガラスに誕生日　『有今』
寒椿いつも見えゐていつも見ず　〃

一句目は第一句集『二代の甕』の句で、「寒椿」の圧倒的な存在を「四五歩」という距離の感覚で捉えている。二句目でこの「寒椿」が器の庭にあることがわかる。三句目では「寒椿」との関係が「見える」と「見ず」で逆転している。つまり「寒椿」に見られているのだ。見られているのでなく、「見守られている」という認識に深まったと言える。

そして次の句などに器独自の作品世界が広がりつつある。

花火咲く仰ぎて空を忘れをり
吹き起る野分の風をつかみ立つ
木守柿土の中より梯子生え
大股に近づいて来て虚子忌なり
厠より烏瓜まで眼のとどく
花火消え大群集の眼の残る
あめんぼうの脚ふんばれる水一重
椿落つ樹下に余白のまだありて
秋風や人のふり向く方を向き
ゆきひらの噴きて筍曇りかな
富士隠す白き五月の障子たて

下駄を履く──第三句集『能ヶ谷』の世界

句集『能ヶ谷』は昭和五十六年から五十九年までの句をおさめている。このタイトルについて器は句集のあとがきで次のように述べている。

「句集名とした能ヶ谷は、私が生れ育った村であり、また石川桂郎が戦後疎開し愛した土地である。小田急電車が、川崎市から町田市に入る鶴川駅の右手一帯で、はじめは「直ヶ谷」と呼ばれていた。清和源氏の末孫神蔵甚左エ門重信は、主将源義経公に追従して奥州へ向ったが、鎌倉幕府の追手が迫り、止むなく主従訣別して、同族と共に追討軍を逃れ、各自現在の土地に分居、武士を捨てて土着し農民となった。谷が北西に真直に伸びているので「直ヶ谷」と云ったと云う説と、荒地・湿地を開墾して田畑に直したので「直ヶ谷」と云ったという説がある。天正年間に至り、北条氏直所領の時に、その冠字を諱み「能ヶ谷」と改称されている。……第二句集では師を亡くしたばかりで、今と云う時を大事に、今有ることに総べてをかけるより仕方がなかった。「有時而今」は、而今の山水を「古仏の道現成なり」と読み進むことによって、ふるさとの一木一草も新たな意識を持ち、いくらかゆとりが見えだした。」

昭和五十六年は桂郎が亡くなって六年が経ち、五十四年の「風土」二十周年を機に平本くららより主宰を継承して三年目となる。器にとっては心の揺らぎも少なくなり「ゆとりが見えだした」のである。清和源氏に繋がる由緒ある神蔵氏の拓いた土地をタイトルにしたところに、地に足をつけた世界を展開しようとする器の意気込みが感じられる。

霞より川現れて甲斐を出づ

田や畑や動かぬものに雪つもる

この二つは『能ヶ谷』の最初と二番目の句である。一句目は山国の甲斐から広い世界へ流れ出る川であるが、飯田龍太の「春暁のあまたの瀬音村を出づ」を想い起こす。甲斐の山国にどっかと腰を据え、詩の世界を広げていた龍太のようにふるさとに根を降ろした俳句を求めたのではなかろうか。そして二句目はまさに「能ヶ谷」の田畑に積もる雪を見続け、雪と田畑の関係をしっかりと認識した言葉が「動かぬものに雪つもる」として定着している。

桂郎を亡くして六年、「風土」の主宰として三年経ち、『有今』の時代の心の痛みも和らぎ、『能ヶ谷』では「桂郎離れ」がどう進んでいったのかを辿ってみよう。

梅林に深く入りゐて誕生日　（昭和五十六年）

木瓜の咲く仏壇の奥こみ合ひて

人声の二階へ上がる花の冷え

梅雨晴間仏を出して仏壇拭く

炎天へ出て行く靴の揃へられ

土用太郎剃刀研ぐに水いらず

寺町の塀に吸はれず日傘行く

下駄をはくときの男や初嵐

朝顔や粥噴くまでを庭にをり

踊の輪へ暗きとこにて踊り出す

吊皮に手首まで入れ秋暑し

萩散つて山茶花までの日数かな
萩を刈るための力をのこしおく
葱囲ふ終りは掌にて土叩き
十二月火を生むものを身辺に
数へ日の手職に減つて指の爪

一句目は我が誕生日を梅林深くに迎えている。器の五十四歳の誕生日だ。清楚な香りに包まれ決意するものは何か。二句目は「角川邸にて」と前書きがある。「仏壇の奥」には源義もいる。桂郎の盟友であった源義はその死も桂郎の死の一週間前であった。この「仏壇の奥」にはしばしば桂郎が訪れているにちがいない。「こみ合ひて」の措辞が如実に語っている。次の「人声の二階へ上がる」の句も角川邸での作。器はこの頃、角川照子らとここで句会をおこなっていた。まだ庭の桜の下にいた器は二階の方へ人声が移っていくのを聞き、句会の時間が近づいてきたのを知るのである。

四句目の「梅雨晴間」の句も仏壇の句であるが、「仏を出して」に故人たちとのやりとりが聞こえてくるようで、器のやさしさが滲み出ている。このような日常のさりげない行為を句にまとめるところに、器の地に足をつけた作句意識が見られる。五句目の「炎天へ」の句も同様である。「靴の揃へられ」るのはいつものことであるが、「炎天」と取り合わされることにより、人物の負けまいという心持が伝わってくるのである。

六句目の「土用太郎」の句は生業の鋳職の一齣を描いたものである。水を使わないだけに剃刀を研ぐ音のひりひりとした暑さを読み手に感じさせる。七句目の「寺町の」の句も独特な視線を持っている。「塀に吸はれず日傘行く」というのは、塀の色とは明らかに違う日傘の色を伝えるとともに、どの寺の門にも入らず塀に沿って歩いている女人を描いているのである。

そして八句目の「下駄をはくときの男や」の句は、桂郎とは違う俳句の世界にすっくと立つ器の自画像である。下駄を履くとは素になることである。座職から解放されて庭に立つ男はまた下駄ばきという日常に身を置くことでもある。それはゆとりをもって庭を眺めることにつながる。「初嵐」は秋風のまえぶれでもある。「初嵐」の行く末を見つめる器の風姿がここにある。九句目の「朝顔や」は、さらに心のゆとりを見せている。朝粥ができる束の間を散策するという日常がなんと生き生きと読み手に伝わってくることか。

この『能ヶ谷』について器の俳句の良き理解者であった永井龍男（俳号東門居）は「神

蔵さんの即事風の句の楽しさはこの頃ちょっと比類がない」と賛辞を呈している。「即事」とは「即座のことがら。眼前のこと」であり、事柄を柱とする「境涯俳句」の根幹になるものである。そこでは季語との取り合わせの良し悪しが決定的となる。例えば石田波郷の「綿虫やそこは屍の出でゆく門」や「七夕竹惜命の文字隠れなし」の、季語とフレーズののっぴきならぬ緊張関係を想い浮かべればわかる。器の「初嵐」や「朝顔」はゆったりとした平常心ともいうべきところから選びだされた季語と言えよう。

境涯俳句の要素として、「貧困」や「病苦」が挙げられるが、時代が変わりその要素が社会から遠ざかれば、「境涯俳句」は平凡な日常生活の表面をなぞっただけの世界に転落する。つまり「われ」の意識が日常の意識にとどまってしまうのだ。器は「われ」の意識を狭くせず、他者とも共有できるような「われ」に広げていったのではないか。「下駄をはくときの男や初嵐」は器の自画像であるとともに下駄を素足で履く解放感は他者も共有できるのである。

十句目の「踊の輪へ」の句は踊りながら輪に入るという人間の所作を的確に捉えており、「暗きとこにて」はあの世の出入り口を思わせる。また十一句目の「吊皮に手首まで入れ」の句も普遍性をもつ人間の動きである。

「即事風の俳句」では、人間の細かな動きが描写されていることが大事になってくるが、器は見事にそれを実践している。十二句目の「萩散つて」の句は、桂郎忌（十一月六日）の前後を「萩」と「山茶花」で伝えるものである。器のゆったりとした心持を汲み取ることができる。十三句目の「萩を刈る」の句は、「刈るための力をのこしおく」に大真面目な故のユーモアがある。「本当に力がいるんだよ」と器が呟いているようだ。実際に刈ったあとの句に、「萩刈つて刈りたる鎌を上に置く」があり、説明のようだが「上に置く」に刈られた萩の嵩がありありと見える。十四句目の「葱囲ふ」の句も日常の行為そのものだが、「掌にて土叩き」に実体験に基づいた強みがある。十五句目の「十二月」や十六句目の「数へ日の」もしかりで、構えのない日常そのものであるが、人間本来の自然の営みが句の世界に立ち上がり読み手を頷かせるのである。ここに地に足をつけた神蔵器独自の俳句世界が現れており、それはとりもなおさず「桂郎離れ」ができたということではないのか。

自註句集『神蔵器集』のあとがきに器の作句態度が覗かれる一文があるので紹介する。「自分が確かに生きた証となり、己の全重量をかけたもの、己の顔のあるものであることが大切であるからだ。また自分の作品には責任を持たなければならないし、過去を見直すということはつらい仕事だが、一句一句の背景に実に多くの人がおり、その人たちによって今日まではぐくまれて来た幸せを思った。」

この文章により器が一つ一つの句に対し実に真摯に向き合っていることが解る。

母の骸迎ふ春塵の畳拭き　（昭和五十七年）
永き日の母へまゐらす北枕
囀や湯灌の水に湯をそそぐ
なきがらの母より眠し木瓜の花
なきがらの一夜の泊り春曙
母葬る母の見馴れし芽吹山
喪の家となる陽炎に取巻かれ
芽吹かむと雨滴をこらふ若楓
花種子を蒔く亡き母の分も蒔く
あたたかや母の擂粉木死後も減り

この一連の母の句には「四年ぶりの退院」と前書きがある。母とあるのは実母で、養母はすでに送っており、『二代の甕』にその句はおさめられている。四年という長い闘病の果ての我が家への帰還である。

一句目は母の起き伏しのあった畳を丁寧に拭き、その遺体を横たえる床を敷くところである。二句目はその母へ「北枕」を差し上げたところだが、「永き日」の季語が器と亡き母との語らいを誘い出している。三句目の「囀や」や四句目の「木瓜の花」の季語が生前の母の立居振舞を想い起こさせ、あたたかくゆったりとした空気の中で、母の死を諾っていることが解る。六句目は通夜を済ませ、いよいよ葬式である。「母の見馴れし芽吹山」には「能ヶ谷」を終の棲家とし、農を貫いた母の生き方が凝縮されている。九句目の「花種子を蒔く」は母を知り尽くせばこそ詠める句である。母の好きだった花の種を蒔き、咲いたら母の墓に供えるのだ。母はいつでも器の傍にいるのである。そして十句目の「あたたかや」の句にいたってはまるで亡き母が擂粉木を減らしたかのような錯覚を覚える。

これまでの句集でもそうだが、器は近親の生死を実に克明に群作として提出する。これは境涯俳句の表現の特徴である事柄やモノを人物や「われ」に沿って機微を捉えようとするところからきている。器の場合はそれが抽んでていると言ってよいだろう。

秋出水螺旋階段のぼりゆく
秋出水渦の芯より膝をぬき
鷺となる秋の出水に脛吹かれ
炊出しのむすびの白し鳥渡る
鳥渡る水漬きし本を束ねゐて
しづくせる書を抱き秋の風跨ぐ
出水去る空缶ごとに水の澄み
焼きむすび噛むこめかみに秋の風
出水引くレモンの色の秋夕日
朝顔は花送り来ぬ捨て畳
畳なきくらしの十日萩の咲く
長き夜の救援むすび粥にとき
ちちろ鳴く壁に水位の黴の華
罹災証明祭の中を来て受けぬ

（昭和五十七年）

これらの群作には「九月十二日　神田川氾濫」と前書きがある。前述の母の死の群作同様、氾濫して被災する様子が手に取るように読み手に伝わって来る。

一句目の「秋出水」は、氾濫した川の水がひたひたと増す様子を、「螺旋階段のぼりゆく」とリアルに表現し臨場感が伝わる。次の二句目も「渦の芯より膝をぬき」と濁流に脚を取られまいと必死の様子を活写している。四句目は避難所での一齣か。避難できた安堵感から炊き出しの塩むすびの白さを眩しんでいる。そして人間社会の災いとは関係なく、鳥たちは自然に従って北から渡ってくるのである。

六句目の「秋の風跨ぐ」では、川の水が引き家の片づけが始まったことを知らせている。「しづくせる書を抱き」に俳人の業が見える。そして七句目には、このような状況の中でも「空缶ごとに水の澄み」と、俳人としての詩心が覗かれるのである。九句目はさらに「レモンの色の秋夕日」と自然の美に心を癒すのだ。十一句目は長い避難所生活を「畳なきくらしの十日」と詠み、日常の暮らしをしみじみとなつかしむ。また十三句目の「壁に水位の黴の華」では、水難の現実を目の当たりにするのである。そして最後の句は罹災者としての「われ」を認めつつ、「われ」とは関係なく祭が進んでゆくことに違和感を持つ。

器の「われ」の行動とともに「われ」の心理が群作によって、読み手に生き生きと浮かび上がってくるのはその事柄とモノの機微が言葉として定着しているからである。

一本の冬木となりて木を離れ
冷まじき墓の余りの酒ふくむ
師の墓に触れし掌をもて木の実受く
露冷えの墓の高さに身をかがめ
（昭和五十七年）

昭和五十七年は桂郎が亡くなって七年で、これらの句に「桂郎七年忌　四句」と前書きがある。一周忌や三年忌と違い桂郎に対する思慕も当然違ってくるだろう。それを一言でいえば「ゆとり」ではなかろうか。一句目を読むと桂郎のことには直接ふれていないが、桂郎と器の距離感というものを「一本の冬木」に託している。資料によれば、この「冬木」は、青柳寺に眠る桂郎の墓の近くにある辛夷である。桂郎の命日は十一月六日であるから、辛夷はもう葉を落としている。他の木々に先んじて裸となった「辛夷」は桂郎を象徴している。「木を離れ」とは他の木々とは違うとも読めるし、厳しい冬に先んじて対峙する器の詩精神とも読める。桂郎を思慕しつつ、桂郎とは違う俳句の道を確かに歩んでいる自負が「木を離れ」を引き出したのではなかろうか。

鯉千貫揚げ泥臭し生臭し　（昭和五十八年）
寒鯉となる寸前を揚げらるる
鯉揚げのどん底の冷網しぼる
鯉揚げの籠手送りに抛りあぐ
冬日より傷つく鯉の血の真赤
焚火に戻す鯉揚げ衆の修羅の貌
鯉揚げし沼を夕日の均しけり
鯉運ぶ枯野に水をしたたらし
鯉の沼夜雲雪雲溜りゆく
山眠る星の投網を打つごとく

みちのくの「風土」同人、森屋けいじを訪ねた時の群作で「横手郊外大沼」の前書きがある。これまで器の群作の力量を見てきたわけだが、自家薬籠といった感がある。

一句目の「鯉千貫」は、水を抜いた沼の泥から引き揚げた鯉の在り様を、嗅覚で「泥臭し生臭し」と捉えている。また三句目の「鯉揚げの」は厳しい寒さの作業を「どん底の冷網しぼる」と描く。そして六句目の「焚火に戻す」は鯉揚げを終えた衆の泥だらけの貌に焦点をあてる。最後の「山眠る」の句は、昼間の修羅場が無かったかのように、沼は闇に隠れ、満天のきら星の世界を現出させる。これらの群作は、まるで映画の一齣ひとこまを見るように読み手を引きこんでゆく。器にとっては旅にあっても日常の心（平常心）を常に保っているから、対象の深部に踏み込めるのである。
さて器の俳句の特徴として独特の意識や感性に裏打ちされた世界がある。

夕 立 後 夕 立 前 の こ と 思 ふ
こ と も な き 二 百 十 日 の 家 め ぐ る
雪 の 川 向 う を 別 の 刻 流 れ
鳥 帰 る う つ ら う つ ら と 大 欅
炎 天 の ど こ に も 触 れ ず 戻 り 来 ぬ
太 陽 の 中 よ り き ち き ち ば つ た 来 る
塩 ふ れ ば は る か な る 音 衣 被

（昭和五十八年）

一句目は誰もが通り過ぎてしまうような意識状態を踏み止まらせ、「夕立前」の模糊とした世界と「夕立後」の一新された世界を読み手に同時に伝えている。二句目は、何事もなく過ぎた「二百十日」だが、もう一度家の周りを確かめるという人間心理を掬い取っている。三句目は川は二つの世界を切り離すという根源的な意識が潜んでいることを「別の刻流れ」で教えている。四句目は芽吹きそめた「大欅」のぼんやりとした枝々を「うつらうつら」と表現し駘蕩感を引き出している。五句目は「どこにも触れず」で、炎天下のひりひりとした触感が伝わる。六句目は素材を切り詰め「きちきちばつた」をデフォルメする。いずれも高度な表現技術によるもので、桂郎とは違う俳句の世界を立ち上げたことを物語っている。最後の「塩ふれば」は、「衣被」が好きだった桂郎を想い起こしての句であるが、「はるかなる音」に桂郎との距離をしみじみと感じている器がいる。

いのちの重さありて――第四句集『木守』の世界

句集『木守』は昭和五十九年から平成元年までの句をおさめる。器はまずタイトルの「木守」について二つの意味があることをあとがきで述べている。

故郷の能ヶ谷は禅寺丸柿の特産地であり、どの農家の庭にも柿の木が数本あったことを述べたあと、こう書いている。

「晩秋というよりもう初冬である。すっかり葉を落とした大きな柿の高い枝に、きまって一つ二つぽっかりと実が残っている。木守柿である。能ヶ谷に生れ育った私は、よく晴れた真っ青の天に浮かぶ木守柿の美しさ、とりわけひとしきり鵯の啼き叫ぶ声のあった後の静寂、夕日に映える木守柿は、私のふるさとそのものであり、心の原風景としていつもなつかしく、あかあかと映えている。

だが、私が本句集を『木守』としたのは、直接には利休の晩年愛した赤楽茶碗「木守」

による。利休の「木守」の色は、私の青春の日の木守柿の色とは少し違って、もっと淡くもっと深く、灰色、あるいは白みがかった色の奥から発する古代錆朱といったおもむき。夕焼の色でいえば夏や秋の夕焼ではなく、すでに日の沈んで、シルエットのように黒い山脈の山際の暗白色を少し離れ、ほんの五分か十分西の中空を染めるさびさびとした冬の夕焼の色である。利休は長次郎の朴訥さ、むしろ不器用なところを愛した。そして火の厳しさと土のあたたかさ、赤楽のほどよい重さをつつむようにいとおしんだ。そんな俳句が生涯で一句でも出来たら幸せである。」

以前の第二句集『有今』は道元の『正法眼蔵』の「有時而今」から引き出されたタイトルであったように、『木守』も故郷の禅寺丸柿のイメージを絡めながら、利休の愛した赤楽茶碗の色あいと肌触りへのこだわりを優先させている。言い方を換えれば芸術家としての利休の精神に近づこうとしている。このような先人の精神へのあこがれはこの後の器の句集のタイトルに何度も現れてくる。

さて、『木守』の時代は「風土」主宰として、また俳句団体の役員として、いよいよ充実してくる時代である。「風土」の各支部への指導や俳句大会の講師や選者として全国をまわることになり、当然旅吟が多くなる。この句集でも圧倒的な数にそれが表れている。

六月やポプラの丈に風の音
緑さす牛舎に分娩予定表
べこっこに雲の峰より風そよぎ
行く雲のこぼしてゆきし夏の蝶
時の日のストローのぼる生牛乳
手を出せば一寸すべる青蛙

（昭和五十九年）

これらの句は小岩井農場で得られたものである。一句目は「ポプラの丈に風の音」で初夏の爽やかな農場を彷彿させる。二句目は「分娩予定表」で牧場の現実を知らせる。三句目は牛の子に雲の峰を配置し広々とした景を見せている。四句目は三句目の構図をさらに小さな「夏の蝶」にしぼり高原の空の高さを想像させる。五句目は「ストローのぼる生牛乳」の細かな表現が「時の日」と微妙に通い合う。そして「一寸すべる青蛙」は、器の指に驚いた蛙の様子がみずみずしく描かれている。宮沢賢治の「小岩井農場」を想い起こさせるような明るく爽やかな旅吟に仕上がっている。

鰊の不漁や沖よりめくら波
沖に日矢立ちて鰊不漁かな
雪起し待つはたはたの舟溜り

「鰊漁」は秋田や山形で行われる冬の漁である。雷が鳴る頃よく獲れるので「雷魚」とも呼ばれる。一句目は、何も見えない海から、荒波の音だけが響いてくるのを「めくら波」と表現し不漁を増幅させる。二句目も沖に突き刺さる「日矢」で鰊の不漁を象徴している。そして三句目はひたすら「雪起し」の雷を待つ「舟溜り」の暗さを現出する。東北の海の暮らしに一歩踏み込んだ作品だ。

かたかごに逢ふ長靴をためらへり
うぐひすや墓動くとも動かぬとも
ぜんまい揉む和賀流の母影折つて
（昭和六十年）

これらの句には「山崎和賀流の墓に参る」の前書きがある。山崎和賀流は岩手県の生まれで俳句結社「濱」「北鈴」「草笛」に所属し、昭和四十八年に第十九回角川俳句賞を受賞している。タイトルは「奥羽山系」で、その中に「しばらくを川風受くる柩橇」「死にゆく如し枯野を婆ゆくは」「屋根にまで犬の来てゐる雪卸し」など土着性豊かな作品がある。その頃の俳壇は「風土性俳句」の時代で、それにみあった受賞であった。ちなみにこの時の角川俳句賞の選考委員の一人に石川桂郎がいる。これ以来桂郎との交流が始まったが、翌年の昭和四十九年、脳梗塞で倒れ、わずか三十六歳の命を閉じた。また現在の「風土」の幹部同人の小林輝子さんとは若い時からの俳友であった。それを踏まえての器の墓参である。

一句目は可憐な「かたかご」の花に逢いにゆくのに、無粋な「長靴」を履くのに躊躇しているのである。二句目は『おくのほそ道』の「塚も動け我泣声は秋の風」をどこか下敷きにしたような趣があり、和賀流への想いが伝わる。そして三句目は昔も今も、山菜を糧に変わらぬ山国の母を見事に描いている。母親の「影折つて」が淋しい。

合掌の民宿弥次郎兵衛水を打つ
短夜やコキリコ節に炉を給ふ
岩魚得て雪の匂ひの骨酒かな

旅にゐて父の忌日や岩魚酒

これらは越中五箇山での旅吟である。五箇山は豪雪地帯で、岐阜の白川郷と共に合掌造りの民家で有名だ。俳壇では、能村登四郎が『合掌部落』で注目を集め、風土性俳句をけん引した。一句目は「民宿弥次郎兵衛」の字余りが合掌造りの歴史の古さを物語っている。二句目は五箇山に残る郷土芸能の「コキリコ節」を堪能しているところだ。「炉を給ふ」が、夏でも炉を使う五箇山の暮らしの厳しさを垣間見せる。三句目も「雪の匂ひの骨酒」が、夏の雪をいただく源流の岩魚を想像させ、秘境らしさを出している。四句目は旅から旅を続ける器が、ふと日常を意識したところだ。これらの句から五箇山らしさが過不足なく伝わって来る。しかし、そこの暮らしに一歩踏み込んだ世界は見えてこない。

水際に冬日のもえて鹿の立つ

年つまる庚申堂に癌封じ

わが干支の摩巨羅（まこら）に燭す十二月

枯萩に放つ伐折羅（ばさら）の眼となりて

般若寺の萩の刈るべき刻訪へり

奈良と言えば器の盟友の酒井章鬼が住んでいる。以前も述べたように、器にとって奈良は、友と語らい仏を巡り心を休めるところだ。一句目は春日野の池のほとりだろう。水を飲みにきた鹿に、池面もろとも冬日が差しているところだ。「冬日のもえて」が光を際立たせている。二句目は奈良町での景か。奈良町では庚申信仰が守られ、家々の軒には「くくり猿」が吊られている。辻の庚申堂に癌封じの札を見かけたのである。三句目は干支に当たる神将に灯を点し息災を願うところだ。そして四句目は充分に伐折羅神将と対峙し、まるで伐折羅の猛々しい眼となって、庭へ出たところだ。「枯萩に放つ」に昂ぶりが表れている。五句目の般若寺は奈良坂にあり、鎌倉時代の十三重の石塔がひっそりと立っている。やや荒れた境内には萩群が枯れを急いでいる。そのような刻を愛づべく器は訪れたのである。これらの奈良の旅には章鬼も同行し交流を深めたにちがいない。句のいずれもゆったりとした時間が流れている。

春寒し飛騨漬物の「めしどろぼう」　（昭和六十一年）

燕のぞく戸毎二之町三之町
太梁や二間つづきに雛飾る
風花も接待のうち煤柱
日下部家　二句

これらは飛騨高山での作である。一句目は、飛騨の漬物の旨さに舌鼓を打っている喜びを「めしどろぼう」と表現している。二句目は高山の「二之町三之町」に燕が訪れ、朝市をさらに賑わせている様子を「燕のぞく戸毎」と言葉に置いた。三句目は広々とした旧家の雛祭の様子を、「太梁」や「二間つづき」で描き、四句目は旧家の煤光りする柱と風花を取り合わせ、情感のある景色を作っている。いずれも読み手をそのまま飛騨高山に誘うような巧みさがある。生活者ではないが、旅の地の細部に目の届いた作品である。

まばしらに灯の入り祭夜へ傾ぐ
星涼しまきわら船に迎へ舟
まきわら船花火の煙の奥進む

これらは愛知県津島市の津島神社の祭を詠んだものである。七月の第4土曜日・日曜日に行われる水神祭である。土曜日の宵祭では一年の月数と日数をあらわす提灯を飾った「まきわら船」が五隻、川に浮かぶ。一句目は「まばしらに灯の入り」で宵祭が始まったことを知らせ、「祭夜へ傾ぐ」で一気に賑やかになる様子を見せている。二句目は、提灯の灯で飾られた「まきわら船」と、夜空の星の輝きのコントラストが見事だ。三句目は、打ち上げ花火の煙に見え隠れしながら奥へ進む「まきわら船」が読み手に臨場感を与える。器は祭のような動きのある世界を巧く読み手に提示する。

かまくらの白のくらやみ城の浮く　（昭和六十二年）
かまくらや星の宴の雪降らす
かまくらの長靴外へ向きて脱ぐ
かまくらの二タ夜一ト夜の玉兎

註　玉兎は月の異称

「かまくら」は秋田県横手市で行われる小正月の子供の行事である。雪を積み上げ、中に洞を作り、祭壇を設けて水神を祀る。下に藁や筵を敷き、その中で子供たちが「はいってたんせ」「おがんでたんせ」などと言いながら甘酒や餅をふるまう。夜になると蠟燭が灯され幻想的な世界を醸す。以前にも述べたように、この横手には桂郎時代からの「風土」幹部同人の森屋けいじが居り、器は桂郎と同じく親しく交流しているのである。この「かまくら」の一連の句もけいじに呼ばれ訪れたものであろう。この句集の旅吟で特に東北が多いのは、けいじや岩手の小林輝子との度々の交流によるものが大きい。一句目の「白のくらやみ」が巧い。白い洞を言い得て妙である。遠景に雪の城を配置し冬の横手を描いている。二句目は夜の「かまくら」を詠んだもので、灯の入った「かまくら」の幻想性にさらに「星の宴の雪」を降らせ、得も言われぬ美の世界を見せている。三句目は子供たちの律義さに合わせ、「長靴外へ向きて脱ぐ」器の姿が微笑ましい。四句目は夜の「かまくら」と月との取り合わせだが、「玉兎」が子供の世界を演出している。これらの句は「かまくら」を肌身で感じればこそで、器の童心が綺麗な世界を仕上げている。

（昭和六十三年）

黒 牛 に 慕 は れ 茅 花 流 し か な

安 寿 塚 へ 田 畔 小 豆 花 か か ぐ

安 寿 塚 南 風 に 女 の 足 し な ふ

島裏や青田すべりて雀翔つ
流人墓ほたるぶくろは白ばかり
御赦免船雲の峰より現はるる

佐渡は桂郎の好んだ地で、器もまた度々訪れている。一句目は島の黒牛の近くで、共に「茅花流し」に吹かれているところだ。「慕はれ」に器ののびやかな心持が表れている。二句目、三句目は「安寿と厨子王」の安寿の悲劇を「安寿塚」に噛みしめている。畑の中にぽつんと立つ「安寿塚」が哀れを誘う。四句目はおそらく棚田だろう。青々とした田をすべるように、海へ飛び立つ雀たちが見える。五句目は、佐渡金山でつらい労働の果てに死んだ「流人」たちの墓を訪れて詠んだものだ。「ほたるぶくろ」の白い花がまるで供花のようだ。六句目は流人たちが待ち焦がれた「御赦免船」を「雲の峰」の沖に描いている。これらの句の中では器は歴史としての佐渡に佇んでいる。

最上川しまきが雀る波がしら　（平成元年）
炭火佳し舟に迎へて誕生日

止まればいまそのままに雪女郎

この三句は最上川を下った折の句である。一句目は「しまきが毿る波がしら」に迫力があり、斎藤茂吉の「逆白波」の歌を想い起こさせる。二句目は旅の途中に誕生日を迎えることになったことを佳しとする心情を覗かせている。ちなみに器は二月二十二日生まれである。三句目は吹雪の巻かれている不安感を「雪女郎」伝説として実感している。

この他にも旅吟の句は続くがここで一区切りとしたい。

さてこの句集のもうひとつの特徴は慶弔を含めた挨拶句が多いことである。

涼風の一等席を吾に賜ふ　（山口青邨先生）

骨揚げの箸の焦げくる暑さかな　（森笑山氏逝く）

鉢ものの端(はした)の一つ実百両　（八幡城太郎先生）

死や遠し上水滑る薄氷　（三好潤子さん逝く）

手袋に香のうつりし指蔵ふ　（悼　秋山黄夜さん）

礼いくどしつつ近づく早稲の中　（桂郎夫人）

万緑や霊柩車来て扉のひらく　（山本健吉先生密葬）
湯灌すすむ大河を前の白障子　（義兄逝く）
七七忌てのひらに寒明けてをり　（青邨先生）
大名も五日の萩となりにけり　（青畝先生へ）

いずれも主宰としての立場、俳壇での交流がこれらの句を生んでいる。そしてもうひとつ欠かせないのが亡き桂郎を詠んだ句の多さである。

てつぺんを鳥の争ふ桂郎忌　（昭和五十九年）
桂郎忌葱鉄砲に虚をつかれ　（〃）
芋の露桂郎死後も足速き　（昭和六十年）
桂郎の畦まつ先に火の手あぐ　（昭和六十一年）
桂郎に地獄の釜の開く日かな　（〃）
中空に霜の華咲く桂郎忌　（昭和六十二年）
烏瓜墓前へ言葉ぬくめゆく　（〃）

城太郎桂郎郎あそぶ菊日向　（〃）
烏瓜あれば明史の来てゐたり　（〃）
桂郎忌天より烏瓜はづす　（昭和六十三年）
水底も紅葉を急ぐ桂郎忌　（平成元年）
命二つ一輪挿しにさくら蓼　（〃）

この中から数句を採りあげる。二句目は桂郎の「味噌これぞ葱鉄砲をくらひても」の本歌取りで、虚を突かれた桂郎を彷彿させる。五句目は桂郎が蛇笏賞受賞の謝辞の「俺は地獄へ行くしかない」を踏まえて桂郎の帰りを待つのである。九句目は桂郎の「明史来ぬひようと提げきて烏瓜」が下敷きになっている。いずれも桂郎と器の親密な関係があってこその〝桂郎恋〟の句である。最後の「命二つ」の句であるが「再び桂郎の泊りし「入禁室」の茶室に泊る」と前書きがあり、羽黒山での旅吟である。この茶室で今桂郎の魂と共にあることを「命二つ」と詠んでいる。これは芭蕉の「命二つの中に生きたる桜かな」（野ざらし紀行）を意識して作っている。

この「命二つ」は器の句作りの中で重要な言葉になっていることが、次の高橋銀次句集

『春の海』（昭和六十三年刊）の序文で明らかになる。「私たちは桂郎から〈自分の顔を持った俳句を作れ〉と教えられてきた。しかしそれは桂郎の立前、本音はもっと謙虚に私意をはなれて一期一会を大事に人には勿論、自然のどんなものにも、そのものの微に触れ、物我ひとつになることであった」。

器のこの言葉が、この後桂郎とは違う器の俳句の核になっていく。

さてこの句集では、旅吟に比べ日常身辺の句は数少ないが、逆にこの句集全体を引き締める佳作となっているので一部紹介する。

葉牡丹の渦の芯より眼ぬく
神々の襖をはづす五月富士
目に消ゆるまで近づきて梅の花
吸ふ息の舌の根にある大暑かな
綿虫にいのちの重さありて泛く

一句目は「眼ぬく」の大胆な措辞により、「葉牡丹」に魅せられて、やっと眼を離したことを知らせる。二句目はようやく雪を脱いだ「五月富士」を「神々の襖をはづす」と大胆に描く。「神々の襖」とは雪のことである。三句目は読み手の目の感覚を刺激して、有無を言わさず納得させる。そして四句目もまた私たちの肉体感覚を刺激する。舌の根に息の暑さを感じるところに器の感覚の鋭さを知る。

そして五句目はこの句集の白眉の句と言ってまちがいない。微細な「綿虫」の命を見続けて、遂に「いのちの重さ」を捉えたのである。これこそ「命二つ」で言う「そのものの微に触れ、物我ひとつになる」ことではないか。器はここで何かを摑んだのである。

今生に白はまぎれず――第五句集『心後』の世界

句集『心後』は平成二年から六年までの句をおさめる。句集名について器は、あとがきで次のように述べている。

「句集名は世阿弥の「目前心後」から採った。自分の眼では自分の眼そのものを見ることが出来ない。街を歩いていて後から声を掛けられることがある。遠くからでも私と解るらしい。だのに私自身は自分の後姿を知らない。最も身近なことに、何んの不思議も感じないのは片手落ちではないか。

後姿で演技が出来てはじめて一人前の役者といわれる。私にとってははるかなことであるが、「目を前に見て、心を後に置く」ことが出来たらとひそかに心掛けている。」

このあとがきの「心後」とは筆者には、見えない自分の後姿を心の眼で見ようとする態度と思われる。言い換えれば心の内をさりげない言葉で、後姿を見せるように表すことではないのか。この「心後」は器の言う「命二つ」とどうつながるのか。例えばこの句集の最初と二番目の句はその片鱗ではなかろうか。

今生に白は紛れず冬かもめ

紅梅の風白梅の風に会ふ

この二つに共通するのは「白」という色である。「今生に」の句について、器は自註句集『神蔵器集』（俳人協会刊）の中でこう述べている。「伊東温泉に一泊した。窓の下を松川が流れ、すぐ前の橋の先は相模湾である。かもめの声に目覚め、かもめの白が目に沁みた。」淡々と述べているが、「今生」や「紛れず」からはそれ以上の何かを感じる。実際は青々とした相模の海に、くっきりとした「冬かもめ」の白を想像するが、「今生」ということばは重い。つまり器にとっての吾が生の中で、「白」は何処にも紛れない絶対的な「白」なのである。神性あるいは清浄の「白」と言ってよい。

次の「紅梅の風」の句も「紅梅の風」が従で、「白梅の風」が主である。これも白い風により、紅い風が清浄化されるのである。

器はこの後も「白」をキーワードにした句をいくつも作っていくが、これは「命二つ」

の相手と吾の、吾の方の命の在り様を色に喩えたものではないだろうか。今は確信できないが、折に触れてそれを探っていきたい。

さて、器にとって桂郎の友人であり、器の先輩的友である森屋けいじを詠んだ句が句集の初めに現れる。

けいじ病む田植疲れの他といふ
月の田の水見廻りに発ちたるか
市に買ふ霧の匂ひの盆の花
門火焚く草の丈より人靡く
桂郎へけいじの急ぐ芋の露

一句目はけいじの病である。家族から病に臥している知らせがあったのだろう。農家のけいじ故「田植疲れの他」と置いているが「他」に気掛りな器の心性が覗かれる。

二句目には「森屋けいじ逝去」と前書きがある。この句の「水見廻り」は明らかに一句目の「田植疲れ」を踏まえ、まるでまだ生きているように一連の田仕事の一齣に仕上げている。農家としての「けいじ」を彷彿させるとともに、「月の田」の上五が「けいじのたましい」の昇りゆく世界を暗示しており、見事な悼句となっている。そして五句目は「けいじ」の師の桂郎のたましいの世界へ馳せ参じる「けいじのたましい」を詠んだものだ。「けいじ」の亡くなったのが八月十一日であるから「芋の露」のころが四十九日明けだ。また桂郎の命日が十一月六日であることを考えれば「桂郎へけいじの急ぐ」はよく吟味された言葉であることがわかる。「命二つ」の相手のいのちへ一歩も二歩も踏み込んだ表現である。

十六夜のグリムの国に来てゐたり
バート・ホンブルク城栃の実嵐かな
秋惜しむ巨大ワインの樽めぐり
灯火親しむ「おくの細道」初版本
てんと虫モン・サンミッシェル塔を翔つ
秋晴のパリーに銅貨（コイン）サンチーム
登高すユトリロの坂ルソーの坂
くるぶしに秋風の渦辻楽士
薪を売る広告塔のくらがりに

さて、器は句集を重ねるごとに旅吟の句が多くなってくるのだが、『心後』で初めてヨーロッパの、主にドイツの旅吟が登場する。これは日独俳句大会参加の旅であった。ここでは数句を採りあげて、旅吟としての表現世界への踏込み具合を確かめてみたい。

一句目は夜にフランクフルトに着いた様子を詠んだもので、「十六夜」から「グリムの国」を引き出し、ドイツへの挨拶になっている。二句目はフリードリッヒ二世が建てたバロック風の城で、ここの豪華な王侯の間で日独俳句大会が開かれたと書いてある。「栃の実」という日本的な木の実と城とのギャップが面白い句である。四句目は日本のどこかで詠んだとしても通用する句であるが、たまたまフランクフルトで開かれていた国際書籍見本市で見ることができ、句にしたものである。はるかドイツで出会えた感動はひとしおだっただろう。

後半の八句目と九句目はパリで暮らす人々を詠んだものだ。「辻楽士」の句は晩秋の風にさらされながら、日銭を得る「辻楽士」の様子が描かれており、「くるぶしに秋風の渦」が哀れを誘う。また九句目は「薪売り」を詠んだもので、現代文明に取り残されたような商いが、今もあることに驚いている。「広告塔のくらがりに」の明暗の演出も効果的である。

外国詠は観光案内になりがちだが、この二句は、その地の暮らしの一端を覗かせてくれる。これは「命二つ」の相手に一歩踏み込んだ表現になっているのではないか。

雁帰る水分若狭水うまき
お水送り済みし鵜の瀬に渦一つ
仏に会ふ若狭に辛き花菜漬
まぼろしの鯖道を行く初ざくら
子雀や土間に塩ふく塩の蔵
燕待つ土戸軋みて塩問屋
あたたかや鯖の背負梯子(しよいこ)に赤き布
すきとほる水の重さの鱊(いさざ)汲む
歯にひびく寸の鱊のをどり食ひ
桂郎に声のもどれり蕗のたう
萩焚きて日永をあそぶ師よ友よ
万葉の水あげてゐる座禅草
桜鯛師恋の旅となりにけり

さて、ここに並べた句は丹後、若狭を旅した時に得られたものである。器は平成四年に俳人協会両丹俳句大会に講師・選者として出向いており、大会の前後に俳句の旅を楽しんだ。舞鶴に住む筆者もこの旅に同行させてもらったので、思い出深い句が多い。

一句目は「水分若狭」と置いて、水の豊富な若狭への挨拶となっている。二句目の「お水送り」は、奈良の二月堂の「お水取り」に先んじて若狭の神宮寺で行われる。内容は「お水取り」に準じているが、大松明を突き出しての鵜の瀬の神事は荘厳である。神事が終わった鵜の瀬は、何事もなかったかのように静かだ。

四句目から七句目は「鯖街道」の宿場町「熊川」を詠んだものである。「鯖街道」は若狭と京を結ぶ交易の道で、若狭からは主に海産物を運んだ。その中でも塩鯖が有名で、京の鯖鮓はこれで作った。四句目は、切れ切れになってしまった旧街道に佇む器を山桜が出迎えている。六句目は熊川の宿に残る塩問屋を詠んだもので、「土戸軋みて」に歴史を感じさせる。そして七句目は、実際に鯖を運んだ背負子を目の当たりにして詠んだもので、「赤き布」は山道を行く時の目印であった。京への「十八里」（七十二キロメートル）を往復した背負子をしみじみと見入る器がいる。

八句目と九句目は、丹後舞鶴の春の風物詩の鱊漁を詠んだものである。鱊は白魚の仲間で、春になると川を遡上する。そこを昇り簗や四手網で捕えるのである。八句目は水と見紛う透明な鱊を「水の重さ」を汲むと表現している。また九句目は、生きたままの鱊を、酢醤油で呑みこむ「をどり食ひ」を歯でしっかりと感じている。

後ろから二番目の句は帰路についた器が近江今津の「座禅草群生地」で詠んだもので、古代からの湿地を「万葉の水」と捉えている。

さてこの句群の後半に「桂郎」や「師」と出ているが、実は桂郎の旅の跡を辿った旅でもあった。桂郎は晩年、幹部同人の浜明史を度々舞鶴に訪ねており、丹後や若狭を巡っている。「桂郎に声のもどれり菷のたう」や「萩焚きて日永をあそぶ師よ友よ」の句は桂郎と共にあり、浜明史たち舞鶴の「風土人」と親交を深める喜びの現れである。最後の「桜鯛」の句が如実にそれを物語っている。総じてこれらの句群には器の情が加味されており、波郷、桂郎という系譜をあらためて思い起こす。

みちのくや鮭に婚姻色の現れ
鮭を追ふささら青竹水打つて
握り減りして往生棒や鮭を打つ

百打つて鮭打ち棒のころがれる

山眠る孵化して鮭に眼のつきぬ

これらの句は福島県の泉田川の鮭簗場での鮭漁で得た。一句目の「婚姻色」は鮭が産卵期に入ると現れるが、特に雄が鮮やかである。器は川を所狭しと遡る鮭の大群をじっと見入る。二句目は鮭を簗場に追い込む様子を描いたものである。勢子が「ささら青竹」で、川面を叩きながら簗場に鮭を追い込むのだ。

三句目は鮭漁の修羅場を描いたものである。「往生棒」は器の造語であるが、この棒の一撃で鮭を往生させるところから発想したものである。往生した雌鮭の腹をすばやく割き、同じく往生した雄の精子をかけるのである。人間の生業とはいえ鮭の命を奪うのである。せめてもの「往生」という言葉を器は置いた。「握り減り」の細かな描写もリアルである。四句目は漁が一段落したところを描いている。たくさんの鮭の命を奪った「鮭打ち棒」が無造作に転がっている。

そして最後の句は新たな命の誕生を詠んだものだ。孵化場の水槽を覗くと、早くも卵に目が付いている。「山眠る」の季語がこの卵たちをおだやかに包んでいる。

この一連の句を読むと、あらためて器の写生力の高さと、「命二つ」の相手の命への眼差しの深さを感じざるを得ない。ここでは「命二つ」の吾の命の主観性がほどよく抑えられ、相手の命の客観性を前に出している。器の俳句世界はこの振幅の度合いの中にあるのではないか。

長江へのぼれる梅雨の濁りかな
目に耳に漢字の国や合歓咲けり
恥らへる汗に西施の化粧台
孔子廟煉瓦に「論語」夏日断つ
合歓の上寒山寺鐘一つつく
くちやくちやの人民券や西瓜買ふ
喜色あり一荷担ぎに茄子の艶
西瓜売西瓜の上をこゑ辷る
明易し太湖を掬ふ四手網
六月の䱾つき出して湖の村

牛追つて太陽に入る代田搔き
炎天や滝のごとくに中国語

器はまた中国への旅もおこなっている。この時は「風土」麻布句会の連衆も同行している。丁度梅雨の頃である。この句群の中から何句か採りあげてみよう。

一句目の「長江」は揚子江のことで、中国第一の河だ。全長は六千キロメートルを超える。満々と梅雨の濁りを湛えた大河を遡るところだ。二句目の「漢字の国」は当たり前のことのようだが、日本文化の源とも言える中国に、今立っているという実感が「目に耳に」の言葉を誘ったと言える。

三句目の「恥らへる汗」は中国絶世の美女「西施」の化粧台に見(まみ)えた折の感慨を詠んだもので、生身の汗を恥じたのである。

さて後半の六句目から最後の句までは中国の人々の暮らしを描いたものである。「くちやくちやの人民券」や「一荷担ぎに茄子の艶」、「西瓜の上をこゑ辷る」などの細部の表現が人々の暮らしをよく伝えている。また「太湖を掬ふ四手網」や「魞つき出して湖の村」は江南の景色を垣間見せる。そして「牛追つて太陽に入る代田搔き」は日本とは違う雄大な「代田掻き」を描ききっている。「太陽に入る」の措辞が巧みだ。
前述したドイツの旅吟に比べその地の暮らしへの踏込みが深いと言える。歴史や文化が日本と繋がっていることへの親近感も要因だろう。「命二つ」の主観と客観のバランスが取れている旅吟となっている。

兄の病む畳に上る朱き蟹
なきがらと共寝の二ヶ夜半夏生
白南風や湯灌したまふ足のうら
新牛蒡のささがき放つ通夜迎へ
白玉や兄の見のこす山の晴れ
うつし世のえにしのはての合歓の花
七七忌兄を忘るるビール噴く
新盆の吊るものばかり供へけり
兄の死の前もその後も青くわりん
ふるさとや立つて流るる盆の馬

これらは父と慕ってきた兄の死の前後を詠んだものであるが、その数と克明さに驚く。この近親に対する姿勢は、第一句集『二代の甕』から一貫して変わらない。

ここから二〜三句採りあげる。一句目は病む兄を詠んだものだが、「朱き蟹」が生々しい。六句目は兄と共に遊んだ庭の「合歓の花」を詠んだもので、茫漠とした花の在り様が、「えにしのはて」を引き出している。最後の「立つて流るる盆の馬」の句も、長として神蔵家を支えてきた兄を彷彿させるものがある。

この死に対する、執拗なほどの表現は器自身の若き日の、死に至る病の結核を体験したところから来ているのではないか。例えば「死の見ゆるしだれ桜の中にゐて」という句が集中にあるが、すでに吾が死の世界が見えてしまっているかのようだ。

救急車霜を降らする妻のこゑ
病院へ運ぶ聖樹と獏枕
病院へ妻を戻して三日過ぐ
黄のいろの一寒灯に妻囲ふ
妻のゐて寒灯繭のごとく点く

妻の唇へ寒の林檎の白兎
命惜し七草粥の咲くごとく
妻のゐて日向生まるるフリージア
鳥帰る手を離るるはみなはるか
妻看取れば髭が伸び来ぬ春一番
夢あそびの妻に三寒四温かな
余寒なほ畳を歩く妻の杖

もう一つこの句集を特徴づけているのが、妻の病の一連の句である。句集を重ねるごとに身ほとりの妻を詠むことも少なくなってきたが、ここでは病の妻と吾の世界として現れる。二～三の句を採りあげてみよう。四句目の「黄のいろの」は病院の白々とした灯に対しての我が家の黄色い灯である。その温もりの色に包まれているのを「妻囲ふ」と詠んでいる。また六句目の「妻の唇へ」からは妻の手が不自由なことが解る。その唇へ、兎の形に切った真っ白な林檎を器が運ぶ。器の無垢な愛がしみじみと伝わってくる。さりげない行為が作者の心の内（背中）を読み手に伝えている。これが器の言う「心後」ではないかと思う。

また九句目の「鳥帰る」の句は病院へ戻ってしまう妻への心情を詠んだもので、「手を離るるはみなはるか」のフレーズはせつない。

これまで「命二つ」と「心後」をどう繋げればと考えてきたが、「命二つ」は器の対象（相手）との向き合い方（姿勢）であり、「心後」はそれが句の世界に現れたものであるというふうに理解できる。その具体的な姿をいくつか挙げて、この句集の読みを終わりたい。

いのちまた燃ゆる色なり初明り
ぐい呑の黄瀬戸にともる春灯
畦塗つて八方桂郎月夜かな
生きてゐて臍の緒に会ふ桃の花
春山に竹箒立てかけておく
死にまねのそのまま春の深みかな
不断着の月日のうちに茄子の花
盆のもの流るる先を水流れ

（悼　小林康治）

敗荷や水の間の水動く

妻恋の挽歌――第六句集『幻』の世界

句集『幻』は平成六年の後半から十年の前半までの句をおさめる。この句集の特徴はタイトルにも示したように、妻の病から死に至り、さらにその死を受け止め、たましいを鎮める句が大半を占めているところにある。

まず「幻」という句集の名前について、器はあとがきでこう述べている。

「私たち夫婦は、自分が先に死にたいと、お互いによく言い合っていたが、健康であった妻に先発たれてしまった。私が本当に妻を愛したのは、妻が病気になってからである。二引く一は一ではなく、ゼロであった。死ぬ者も、生き残る者もまた一瞬の幻である。それでも残る者は、なお生きつづけなければならない。」

この後書きで眼を惹くのは「二引く一はゼロ」という言葉である。これは妻を失った空虚感からというよりは、夫婦という関係性が喪失したことをゼロと認識しており、そこから発せられた言葉と言えるだろう。事実としては第五句集『心後』で採りあげたように平成五年の冬に倒れ、身体が不自由になり、その後をほとんど病院で過ごすことになったのである。このあたりについては、のちほど妻を詠んだ句を通して辿っていきたい。

さてこの句集の最初に登場するのが次の句である。

最上川逆白波を雹の打つ

この句を読んでたちどころに浮かぶのが茂吉の「最上川逆白波のたつまでにふぶくゆふべとなりにけるかも」という歌である。つまり茂吉の代表歌を本歌取りしているのだ。よほどの自負があると言わねばならない。茂吉の歌が荒々しい真冬の最上川を詠んだのに対し、器は夏の雷雲が打ちつける荒々しい雹に対峙する最上川を詠んでいる。茂吉の歌に拮抗する句の世界と言えるだろう。そして二句目。

白牡丹そのまま月の牡丹かな

「白牡丹」が夜になってもその白を失わず、月明と照らし合っている世界である。この静かで清浄な世界をかたち作っているのが「白」であるのは頷くところである。まるで「たましい」が月の光に浮かんでいるようではないか。

この二句を読んで気がつくのはやはり「白」がキーワードになっていることだ。これは第五句集『心後』の「今生に白は紛れず冬かもめ」と「紅梅の風白梅の風に会ふ」とまったく同じ構造になっており、器の「白」の持つ清浄性、神性へのこだわりを如実に示している。妻の死を受け入れたのち、この句集の最初と二番目にこれらの句を置いたところに器の覚悟のようなものを感じる。

この他にも「朝顔の白ばかり咲き晩年か」という句があるが、この「白」は死に近づく色、あるいはたましいの色と言ってよいだろう。

いなびかり沁み入る妻の髪洗ふ
ひぐらしの奥のひぐらし妻癒えよ
初嵐われを摑みて妻の起つ
妻に来て蟷螂枯れぬ色のまま
妻のゐて声といふもの初明り
病む妻へ笑くぼのごとく冬苺

病む妻と二人三脚枯菊焚く
妻にわたす明日の色の竜の玉
病む妻に灯台めけり黄水仙

病に倒れた妻はほとんどを病院で過ごし、盆や正月に帰宅を許されるという状態であった。また麻痺のため身体も不自由であった。一連の中から二～三句採りあげる。

一句目は、久しぶりに我が家へ帰ってきた妻の髪を、器自らが介助して洗う様子を描いたものである。「いなびかり沁み入る」に、遅々として進まぬ恢復への不安が覗かれるとともに、器のせつなさが伝わる。

三句目は身体の不自由な妻をなんとか立たそうとしているところだ。「われを攫みて」に、妻からの信頼を、また器の妻と一心同体の意識を汲み取ることができる。

五句目には「病院より正月帰宅許さる」の前書きがある。『神蔵器集』（俳人協会刊）の自註に拠ると「正月三日間、妻に外泊許可が出た。帰宅しても寝たきりの状態であるが、家の中に妻がいて妻の声がするということがどんなにあたたかく幸せなことか、しみじみと感じた」とある。

最後の句は妻への見舞いの「黄水仙」を詠んだもので、その明るさを灯台に喩えている。恢復への希望を含んだ黄色である。

さてここで器の叙法であるが、基本的にはフレーズ（事柄）に季語を取り合わすことが多い。以前にも述べたが、これは器が学んだ境涯俳句の表現の特徴である事柄やモノを、人物や「われ」に沿って機微を捉えようとするところからきている。特に今回は病の妻である。その関係性から読み手は、妻だけでなく器の表情や心の状態というものもいやおうなく受け止めるのである。そして、この一連の病の妻の句に心動かさない者はいないだろう。

ゆく夏のうしろの見ゆる風の盆
瞑りては秋風われを離れゆく
種茄子の畑に焦げて風の盆
風の盆夜を待つふうせんかづらかな
水の匂ひ霧の匂ひの風の盆
耳うらに早稲の香のしておわら節

『幻』にも旅吟は見られるが、妻の病ということもあり、数は減っている。その中で初めて「風の盆」が句集に現れている。「風の盆」は富山県八尾で九月一日から三日間行われる盆の行事である。三味線や胡弓・尺八・太鼓などの音と越中おわら節にあわせて、八尾の人たちが夜を徹して踊る。踊りながら町を流す姿は流麗で情趣がある。

一句目は踊る後ろ姿を「ゆく夏のうしろ」と重ねたところが非凡である。

二句目は、目を瞑るたびに秋風が吹き抜け、「われ」から離れていく感覚を詠んだもので、「秋風」を魂と捉えている。病に臥せている妻を置いての旅である。この「秋風」に妻の魂をふと感じているのかもしれない。

三句目は畑の種茄子と「風の盆」の取り合わせで、焦点をずらし、四句目は夜に入ろうとしている「風の盆」を「ふうせんかづら」に託している。

五句目は景を出さず町中を流れる水の匂いと夜霧の匂いだけで八尾の土地を彷彿させる巧みさがある。やはり単なる旅行者ではない確かな眼で「風の盆」を捉えている。

最後の句は「風の盆」が風害を防ぎ豊作を祈る風祭でもあることを、「耳うらに早稲の香のして」で伝えている。

美しき母乳走れり牡丹の芽

赤ん坊の舌の強さよ牡丹の芽

初つばめ都心の空を切りひらく

これまでの暗い色調の句の中で、この三句は器の喜びが率直に表現されたものである。一句目には「志織誕生」の前書きがある。待望の孫を得た喜びを、「美しき母乳走れり」と母体の健康を大胆に表現している。実の娘の子であればこそであろう。二句目は母乳を吸う赤子の力強さを詠んだもので、「牡丹の芽」との取り合わせが絶妙である。

三句目は、日に日に成長する孫の姿を、「初つばめ」の飛翔に重ねている。「都心の空を切りひらく」に、孫の未来への期待が満ちている。

ところで器は第五句集『心後』に引き続き、『幻』にもふたたび中国の旅の句を載せている。器はこの頃、俳人協会の役員をしており、今回も仕事を兼ねての中国行であった。たくさんの中国旅吟の中から数句を採りあげて旅吟の深まりを見てみよう。

一つおまけの柿にはねたる棹秤
てんびんの撓ふ西瓜と一歳児
西瓜売老人踵より歩く

人物の動きを詠んだものだが、いずれも生き生きと臨場感にあふれている。それは「はねたる棹秤」や「撓ふ西瓜と一歳児」、「踵より歩く」など細かな描写が確かだからである。通りすがりの旅人の眼ではなく、その土地に暮らしている人の眼になって表現している。

秋天や船尾に鶏の羽むしる
秋高し妻乗せ竹の筏漕ぐ
喜色たり火のつく足踏み稲扱機

これもまた同様、ひと昔前の中国の庶民の暮らしが手に取るように浮かんでくる。一句目は船上生活者の暮らしを「鶏の羽むしる」で垣間見せ、二句目は秋空のもと、夫婦での筏流しを活写している。そして三句目の「火のつく稲扱機」は、まるで昭和三十年代の日

けさせている。本の農家の姿ではないか。「稲扱機」のうなり声を「火のつく」と置き、農民の喜びを弾

さて、これまでの妻を含めての近親の句に対し、このような旅吟においては対象へ二歩も三歩も踏み入りながら、客観性が見事に保たれているのに気づくだろう。器の言う「命二つ」は、対象により主観と客観の幅が大きいのである。もっと言えば近親を詠むときは、そのまま器の表情や心の内が見えるのに対し、このような旅吟では器の眼差しだけを感じるのである。当たり前のようであるが、器の俳句表現の根幹にかかわっているのではないか。近親を詠むことが無くなった場合、その主観性は消えるのか、また形を変えるのかはこの後の句集で明らかになるだろう。

朝顔の彼方桂郎源義行く
紙切つて指に血の噴く夜の秋
萩刈つて桂郎忌まで焚かずおく
鍋焼や葱鉄砲に師のこゐす
夜の更けて桂郎の亀鳴きにけり

師のこゑを聞くまで洗ふ硯かな

桂郎に分かたむ露の涼しかり

桂郎のてのひらにゐて亀鳴けり

くわりん残る桂郎二十三回忌

伊達ならぬ桂郎の鬚冬隣

これらは師の桂郎を詠んだものである。師を詠むという器の姿勢はいささかも変わらない。他の俳人も句集において師を詠むことはままあるが、とにかく数が多い。並々ならぬ思慕の深さと言えなくもないが、その表現はだいぶ変わってきている。一つは桂郎忌そのものを詠むことが少なくなり、ここでは八句目の「くわりん残る桂郎二十三回忌」ぐらいである。それに比べて多いのが桂郎の句を踏まえて詠むという一種の本歌取りである。桂郎の句と並べて挙げてみよう。

紙切つて指に血の噴く夜の秋　器

指切つて血の止まらぬよ四月馬鹿　桂郎

鍋焼や葱鉄砲に師のこゑす　器

味噌これぞ葱鉄砲をくらひても　桂郎

夜の更けて桂郎の亀鳴きにけり　器

桂郎のてのひらにゐて亀鳴けり　器

裏がへる亀思ふべし鳴けるなり　桂郎

桂郎に分かたむ露の涼しかり　器

甘からむ露を分かてよ草の虫　桂郎

桂郎が逝って二十数年が経っている。これまでの目の前のモノやコトに触発されて桂郎を詠むのではなく、桂郎の句の世界に浸り、桂郎と俳句で語る心境に至っている。桂郎恋の変化した姿と言えよう。

妻へ飛ぶ聖夜の第九交響楽

冷えてゆく手に握らせて手をつなぐ

妻死なすわが白息のみゆたか

悴むや眼に心電図棒線吐く
なきがらの聖樹にふれて退院す

器はいよいよ妻の死と直面しなければならない。一句目には「妻危篤」の前書きがある。クリスマス・イブのなかを病院へ走る心性が「飛ぶ」に現れている。

二句目は冷たくなっていく妻の手に、我が手のぬくもりを必死に移している。三句目「わが白息のみゆたか」が眼前の妻の死を如実に知らせている。四句目は妻の死をさらに客観的にモノで知らせ、五句目はクリスマスツリーに遺体の妻を触れさせ病院を去るのである。器はこれまでもそうだが、実に克明に死の状況を俳句として言葉に定着する。心の動揺がありながら、表現には少しの揺らぎもない。これは「われ」への客観視が構築されている証左である。それ故器の心が読み手に伝わるのだ。

二人分妻が残して冬日向
寒椿まなこ閉づれば妻の咲く

牡丹囲ふ妻の初七日過ぎてをり
喪籠の門より出でて初日受く
妻のゐるやうに音たて葱きざむ
初旅のお骨の妻につきて行く
妻亡くて伸びし爪切る春障子
納骨す灯りて椿の太郎冠者
死後の妻ほめられてをり亀鳴けり

妻の死が十二月二十四日であれば、当然正月に入っても法事が続くことになる。数句を採りあげてみよう。

二句目の「寒椿」の句は、器がかつて「寒椿いつも見えゐていつも見ず」と詠んだ我が家の庭の椿だ。生前の妻とも何度見たことだろう。眼を閉じればその時の妻の笑顔があざやかに甦るのである。

五句目は、朝食の葱を刻んでいるところだ。病に臥せていた妻のために器が自ら味噌汁を作っていたのかもしれない。「妻のゐるやうに音たて」がそう読ませる。

六句目は墓への納骨であろう。神蔵家の墓は町田にあるから、電車での「初旅」なのである。「妻につきて行く」に亡き妻への思慕が伝わる。

最後の句は、生前の妻をみんなで語りながら、エピソードに花が咲くのである。妻がほめられるのが、うれしくもうらやましくもある心性が「亀鳴けり」に出ている。

あたたかや妻の遺して化粧水
妻に耳借りられてをり花大根
葉桜やわが家に妻と旅しをり
短夜の妻織る機は鶴の羽
短夜の右手に妻の匂ひかな
妻に供ふ見るたび減つてさくらんぼ
妻が来て盆の二タ夜の明易し
盆三日歩幅を見せぬ妻とゐて
亡き妻の髪の音きく大暑かな
柿を剝く妻亡き膝の広くぬくく

綿虫や黄泉路は妻が消してゆく
冬山にのこしぬ妻の一周忌

春になり夏が来て、秋を迎え、十二月の一周忌を迎えても、器の妻恋の句は止まらない。圧巻と言うほかはない。

牡丹焚くわれを投じて了りたり
初夢の出口に妻とすれ違ふ
蒲団重くなりしは妻か雪女か
陽炎の足なくたてり妻の墓
一人点す春の灯はひとり消す

これらの句は同じ妻恋でも、器の諦念の濃い世界となっている。
一句目は「われを投じて」をどう読むか。おそらく妻亡きあとの「われ」を投じたのだ。以前にも述べたが夫婦という関係性のなかの「われ」を投じたのだからゼロである。妻の死を認めざるを得ない意識から発せられた言葉である。

二句目も初夢に出て来た妻であるが、それも出口である。互いに語ることもなく「すれ違ふ」ところに、妻の魂との距離感を思わざるを得ないのだ。

三句目は、布団の重さを感じた時、亡き妻の重さと測りきれないところに、やはり距離感を感じているのだ。この冷たい重さを「雪女」に喩えているが「雪女」でもなく、それは一瞬感じた幻の世界の重さだったのだ。

四句目の「足なくたてり」も妻の不在を認めざるを得ない心性が表れている。そして最後の句は、夫婦関係の消滅を一人で灯をともし、一人で消すという行為で自ら確認しているのである。

器にとって句集『幻』は、亡き妻への挽歌となっているが、併せてこれまで逝ってしまった桂郎や近親、友への締めくくりのレクイエムであるのかもしれない。ゼロになった器は、これ以上失うものはないのである。

最後に個々のテーマからはずれた句を紹介してこの句集の読みを終わりたい。いずれの句も高い表現力に貫かれており、器の力量が遺憾なく発揮されているものばかりだ。

大白鳥羽撃くときは水に立つ

立冬や一本の藁水に浮く
降る雪の音のとどきて鯉眠る
はつらつと一本の葱落ちてをり
顔一つ吹きのこさるる野分あと
日向ぼこあの世が混んで来たりけり
牡蠣すする死上手などあるはずなし
涅槃西風たにし田螺の上歩く
水の先水の流るる初ざくら
中空に音充満す春の雪
冬の蝶一尺飛んで凍りけり

たまきはる白――第七句集『貴椿』の世界

句集『貴椿』は平成十年から十三年の前半までの句をおさめる。この「貴椿」のタイトルについて器は句集のあとがきでこう述べている。

「『幻』のあとがきには、妻を亡くした直後であったので、「二引く一は一ではなく、ゼロであった」と書いた。正直な気持であったが、ゼロの中には心機一転、新しく出直したいという願いがあった。句集名も今までの暗いイメージから明るく清楚、高貴な貴椿にあこがれて句集名とした。」

そこで器はタイトルにもなっている「貴椿」を句集の第一句目に置いた。

たまきはる白のひびけり貴椿

たしかに清楚、高貴な世界が広がっているが、「たまきはる白」とまで言い切っているのは何故だろう。まず「たまきはる」とは「魂極まる」が語源で、「内」「命」「現」「世」「吾」などにかかる枕詞である。当然このような言葉が「たまきはる」の後ろに隠されており、それはそのまま「白」にもかかっている。

「内」「命」「現」「世」「吾」も結局「魂」を基にする言葉であり、つまるところ、「魂の白」「白き魂」と読むことができる。そしてこの「白」が「ひびけり」に繋がっていくのだ。この句はあまりにも清楚な「貴椿」を目の当たりにしてその命、魂が器の魂にひびいてきたと読める。

ここで、桂郎門で俳句結社「一葦」の主宰及び「風土」主要同人の島谷征良氏が、器の句集『貴椿』評の中でこの句について次のように述べている。（平成十四年「風土」一月号）「古来、日本人は命、およびそのみなもとである魂を白い丸いものと感じ捉へて来た。正月の鏡餅は白く丸いものを重ねることによつて魂が代々にわたつて繋がつてゐることを象徴してゐる。この句の「白」を「命」あるいは「魂」と置きかへるとはつきりするのだが、一方の椿が咲かせてゐる数多の花がみづからの命、魂をことほいでゐるのである。

さらに作者の命、魂をもこの「白」に重ねて見ることも可能である。さうすると作者と椿の魂の関係があらはれて来て、「ひびけり」は人の魂と木の精との交響といふ構図が明確になつてくる。構図と言つてはいけないのかもしれない。神蔵器といふ俳人が五十数年のあひだ俳句を作り続けて到り着いた、おのづからなる境地、それが対象との魂と魂のひびきあひといふことではないのだらうか。」（島谷氏の文章はすべて旧仮名遣いである）

器の俳句意識を深く理解した文章である。器の「白」への想い入れを諾うとともに、器の言う「命二つ」の行きつく処が「対象との魂と（我が）魂とのひびきあい」と明確に伝えている。

さてここで、別の視点から「たまきはる白のひびけり貴椿」までの道のりを辿ってみたい。対象はすべて「椿」である。

椿落つ樹下に余白のまだありて

この句は第二句集『有今』におさめられている。「余白のまだありて」が巧みで、読み手は日本画のような紅白の世界を想像する。それは「余白」の措辞によるものだが、ここでは「落椿」の在り様を客観的に描いているところで終わっている。

寒椿四五歩の距離の遠かりき

この句は第一句集『二代の甕』におさめられている。器はこのころ父の金細工の錺職を継ぎ、座職を生業としていた。この「寒椿」は器の工房から見える庭の「寒椿」である。器はやっと咲き始めた「寒椿」を見ようと、作業を中断して庭に降り立った。しかしそれ以上は近づけなかった。何故か。肌を刺すような冷たい空気の中の、「寒椿」の存在感に圧倒されたのである。それが「四五歩の距離の遠かりき」の言葉だ。「寒椿」は単なる対象ではなくひとつの「いのち」として向き合っていることに器は気がついたのである。後に器は「命二つ」という言葉を折に触れて提唱するが、その萌芽がこの句には読み取れる。

寒椿いつも見えゐていつも見ず

この句は第二句集『有今』におさめられている。先ほどの句と同じ器の家の庭の「寒椿」である。この句は「いつも見えゐて」「いつも見ず」とリフレインに近い言葉が並んでいるが、その意味合いはまるで違う。「いつも見えゐて」は「寒椿」に向かい合わずに「寒椿」が「いつも見えている」ことだ。言い換えれば「寒椿からいつも見られている」状態である。それに比べ「いつも見ず」は「寒椿」と向き合って「いつもは見ていない」ことである。前述の句に比べ、「寒椿」の「いのち」に包まれている安堵感が「いつも見えゐて」を生み、おもむくままに「寒椿」に向き合う心が、「いつも見ず」を生んでいると読める。器の言う「命二つ」が融合した世界であり、島谷氏の言う「対象との魂と魂のひびきあひ」の世界と言える。

寒椿まなこ閉づれば妻の咲く

この句は第六句集『幻』におさめられている。『幻』は、妻の死に直面したのちにまとめられた鎮魂の句集である。この「寒椿」も器の家の庭の「寒椿」である。生前の妻とこの椿の前で何度となく佇み、語り合ったことであろう。器にとってこの「寒椿」は椿の「いのち」だけでなく、「妻の魂」の融け込んだものとして映るのである。それ故に「まなこ閉づれば妻の咲く」の言葉が発せられたのである。

ここまでの器の「命二つ」の表現世界の深まりを辿ると「死者の魂」も含まれていることが解る。

あらためてこの句集の第一句目の、「たまきはる白のひびけり貴椿」を振り返ってみると、「貴椿の命」と「器の命」がこのうえなくひびき合っているのが解る。器にとって「白」は特別なもので、前述したように「死者の魂」を含めた世界だからである。「たまきはる白」

の句は、おそらく亡き「妻の魂」を意識している。

ここでもう一度「白」という言葉にこだわってみよう。

今生に白は紛れず冬かもめ

紅梅の風白梅の風に会ふ

これらは第五句集『心後』の第一句目と二句目に置かれている。いずれも「清浄な魂の色」である。

最上川逆白波を雹の打つ

白牡丹そのまま月の牡丹かな

これらは第六句集『幻』の第一句目と二句目に置かれている。「白牡丹」の句は清浄というより死者の世界すなわち「月」とこの世をつなぐ世界になっている。

そして第七句集の「たまきはる白のひびけり貴椿」である。器はこの句集において「白」を通して、この世だけでなく、あの世やあらゆるものとの「命二つ」のひびき合いをしているのではないか。

『貴椿』には他にも「白」の句の世界が多くある。

白牡丹吾も百代の過客にて
白日は西施の泪蓮ひらく
壺生れて影の生まるる白芒
白波の他はふれざる初日受く
白牡丹月の匂ひの重さかな
白露や生れてこけしに呱々のこゑ
ゆたかなる白息ありて悴まず
白牡丹の高さに風の高さかな

一句目は、「白牡丹」の魂との交響を通じて、一気に「おくのほそ道」の芭蕉の魂へ「吾の魂」を近づけている。

二句目は「白日」を無垢な魂とみて「西施の泪」と重ね、西施の魂とひびき合おうとしている。そしてこの蓮は白にちがいない。

四句目の「白波」は清浄そのものであり、それに触れつつ上る「初日」を言祝いでいる。

五句目の「白牡丹」は前述した「白牡丹そのまま月の牡丹かな」の変容で、魂の重さを感じ取ろうとしている。

目をつむりゐて鶏頭と妻の恩
妻の眼の中より出でて菊を焚く
数へ日や妻の忌日を一つおき
寒満月妻ののぼりしあとのなし
まどろむは妻に近づく薄暑かな
狂ひても妻がよかりし蛍追ふ
朝曇り妻へ茶柱ないしよないしよ
仏壇の妻の鬼灯一つ減る
戒名は忘れて妻に良夜かな
湯ざめして亡妻に言葉を待たれをり
かげろふの根の離れたる妻の墓
すぐ消えて妻の使ひに揚羽蝶

手花火や妻を招くに闇足らず
妻の手を引くごと囲ひ葱を抜き

これらは亡き妻を詠んだものだが、妻への鎮魂歌であった第六句集『幻』に比べ、「妻の魂との語らい」といった感が強い。例えば二句目の「妻の眼の」の句を見ると、この「妻の眼」は仏壇の位牌、あるいは妻の写真とも受け取れるが、器は常に「妻の魂」に包まれていると読んだほうがよさそうだ。庭に出て「妻の魂」からしばらく離れ、供華の菊を焚くのである。

また四句目の「寒満月」の句であるが、器にとって「月」は魂の世界である。その月の光はこの世と魂の世界をつなぐ光の道である。「妻ののぼりしあとのなし」は、まだ器と共に「妻の魂」が在るとも読めるが、浄化された魂ゆえにのぼった跡が見えないとも読める。

そして七句目の「朝曇り」では、仏壇の妻へのお茶に「茶柱」が立っているのを、「ないしよないしよ」と、「妻の魂」を驚かそうというようなユーモアのある言葉で結んでいる。

十三句目の「手花火や」では「妻の魂」と遊ぶのに「闇足らず」と不満げな器の様子が見られる。

ここでの器はあの世、この世の区別なく「妻の魂」と「吾の魂」をひびかせ合っている。「命二つ」が自在な境地にまでたどり着いた世界と言えるだろう。

冬に入る背中合せに桂郎忌
熱燗や生涯ひとりの師に仕へ
師の墓に手で掃くほどの春の雪
墓に焚く火のみ鮮し桂郎忌
啓蟄や桂郎三鬼ぞろぞろと
わが系譜波郷桂郎椿咲く
桂郎の余生をもらふ牡蠣雑炊

あいかわらず桂郎を詠んだ句が見られるが、これもまた「命二つ」の「相手の魂と吾の魂のひびき合い」であろう。
五句目の「啓蟄や」では西東三鬼も登場するが、これは桂郎の蛇笏賞受賞の時の謝辞を踏まえたものである。桂郎はこの時、波郷や三鬼は地獄にいる筈だから俺も地獄に行った方が淋しくなくていいと言ったのである。「桂郎三鬼ぞろぞろと」は地獄からの魂たちのことである。それは賑やかな「相手の魂と吾の魂のひびき合い」であったであろう。最後の句は桂郎が亡くなった時の器の句、「死におくれ牡蠣のうまさをかなしめり」を踏まえている。桂郎の享年をとっくに越えてしまった器が、わが年齢を「桂郎の余生をもらふ」と受け止め、「相手の魂と吾の魂の重なり」を感じているのだ。

白 牡 丹 吾 も 百 代 の 過 客 に て

文 覚 と い づ れ が 頑 固 く わ り ん の 実

臥 て 仰 ぐ 糸 瓜 の 先 の 月 日 か な

牛 飼 の 左 千 夫 に 茅 花 嵐 か な

無 患 子 は 虚 子 の つ ぶ て や 深 大 寺

人 日 や 楸 邨 の 猫 し ん が り に

器の「命二つ」における「相手の魂と吾の魂」はこれらの先人にも及び自在にひびき合っている。

一句目は先にも述べたが「白牡丹」を通じて芭蕉の魂に触れ、三句目の「臥て仰ぐ」では子規の魂とひびき合う。

五句目、六句目では「虚子のつぶて」や「楸邨の猫」とその特徴を捉えながら魂を自在に遊ばせている。

実はこのような相手の魂との自在なひびき合いには、吾の魂を浄化し自在にする必要があった。

ばら咲いていのち澄みゆく思ひかな
目つむりゐて八月の風の吹く
己が身を離れて見ゆる秋の風
のこる世は狂ふもよかり竜の玉
初蜩こころ後れてゐたりけり
つつかけに出て秋風の真正面

器が「吾の魂」を浄化していく様子がこれらの句に見られないだろうか。

一句目の「ばら咲いて」には、どの色にも紛れない「ばらの色」に心が澄みゆく感性が率直に述べられている。

三句目の「己が身を」では、「魂としての秋風」が見えるのは肉体を離れたわが魂のみであることを明言している。

最後の句の「つつかけに」は、普段着の器の魂が「秋風」というたくさんの魂と正面から向かい合っている構図だ。

器にとって「魂が浄化される」とは、言い換えれば「生活の匂い」が消えることでもある。これまでを振り返ると、桂郎を失い、父母や兄弟を失い、主宰に専念して座職の錺職を手放し、終には妻を失ってきた。身ほとりが変容するなかで、器は日常の暮らしにしがみつき、それを詠むのではなく、「吾の魂」を浄化することで、「相手の魂」と自在にひびき合う道へ転換していったのではないか。

器はこの句集で第四十一回俳人協会賞を受賞している。その受賞に触れて次のように述べているのは、器の言う「命二つ」の深まりを、つまり「相手の魂と吾の魂のひびき合い」を知るうえで極めて示唆的である。（平成十四年「俳句」四月号より）

「私は昭和五十四年「風土」を継承し主宰となった。結社が存立する以上、新しい指導方針を示すように言われたが、師の衣鉢を守ることに精一杯であった。そんな時、山本健吉の「命の嬉戯」の中で「命二つ、その間に生きて咲き出でたるものがなければならない」と言っていたことを思い出した。私はこの言葉にとびついた。平凡な人間が一人で俳句を作っても、それは苦しいだけで、いずれは行き詰まってしまうであろう。それより命二つ、相手に作らせてもらう方がよいのではないか。はじめは五対五で相手と切り結ぶ気構えであったが、やがて七対三、八対二となり、今は相手のふところに入って、どうすれば相手の命を輝かすことが出来るか、そのことだけを考えるようになった。」

この中で遠回しの表現であるが、「平凡な人間が一人で俳句を作っても、それは苦しいだけで、いずれは行き詰まってしまうであろう」は、桂郎流の境涯俳句に対する限界を示した言葉である。器にとって桂郎の俳句を受け継ぎながら、いかに新たな俳句世界を築きあげるか。その模索と成果が「命二つ」だったのである。器は初めてこの句集で、桂郎とは違う表現世界を全体として示したと言える。

枯山へ餅搗く音のゐくぼなす

ここでは「餅搗く音」を、「枯山」がどう受け止めるかを「ゐくぼなす」と視覚に転換させ、「枯山」がその音に呼応している様子を読み手に伝えている。器の「浄化した魂」が、「枯山」という「相手の魂」とひびき合った世界だ。

くれなゐの空のさざなみ滝ざくら

この句には「三春滝桜」の前書きがある。器の魂はこの「滝ざくら」の魂と交感する内に、空いっぱいに広がる「くれなゐのさざなみ」が寄せてくるのをひしと感じたのである。清浄であまりにも美しいこの世界は、「たまきはる白のひびけり貴椿」と双璧をなすものである。

他にも触れたい句が数多あったが、いくつか挙げて『貴椿』の読みを終わりとしたい。

大寒の入口に葱横たはる
うら若き三月の川谿を出づ
雲に乗るごとく雪代山女追ふ
板木打つ音の中より蝶の翔つ
はればれと山ひつさげて羽抜鶏
一つ会ふ和泉式部の蛍かな
晴天に呵々大笑す烏瓜

初日さす大竹藪の青しぶき

つちくれの動くはどれも初雀

実千両死なぬことより病まぬこと

海を耄りて――第八句集『波の花』の世界

第八句集『波の花』は平成十三年の後半から十五年十二月までの句をおさめる。第七句集『貴椿』からわずか二年半の刊行である。『貴椿』で俳人協会賞を受賞し、自らの作風を確立した思いがそうさせたのかもしれない。
さてこの句集の巻頭のページを飾るのは次の二句である。

月光を得たり牡丹の白王獅子
くわんおんに大笑面あり白牡丹

ここでも第五句集以降の巻頭の句と同じ「白」が使われている。さらに季語は「牡丹」である。「白」と「牡丹」と言えば、第六句集『幻』の「白牡丹そのまま月の牡丹かな」を想い起こす。この句の世界が「月」という死（魂）の世界と「白牡丹」という清浄な魂をつなぐものであることは言うまでもない。冒頭に「白」と「牡丹」、さらに「月」また憤怒の「大笑面」を置くことで、器は自らの魂の在りどころを示し、おそらくこの句集が、死者を含めた魂たちとの交感であることを示唆している。

まず群作として現れるのは舞鶴や丹後の与謝野、また若狭の敦賀を旅した句である。

いなびかり引揚の湾はがねなす

緑蔭や戦友ざくら一つ一つ

魚跳んで旧軍港や明易し

ほたるぶくろ咲いて蕪村の母の里

涼風の一つ離れてげんの墓

栗の花丹後の空は早瀬なす

種ヶ浜虹のこぼせし小貝拾ふ

六月の人魚のなみだますほ貝

人形座背景の竹皮を脱ぐ

竹紙はをとこ紙なり沙羅の花

一句目から三句目までは、舞鶴の引揚の湾を詠んだもので、ソ連の収容所生活を余儀なくされた人々の苦難へ想いを寄せている。

四句目、五句目は丹後の与謝野に蕪村の母の、谷口げんの墓を訪れた時のものである。山裾にひっそりと立つ「げんの墓」への憐れみが、「涼風の一つ離れて」に表れている。

そして七句目、八句目は芭蕉の『おくのほそ道』の敦賀に降り立った時のものだ。「種ヶ浜」の句は、『おくのほそ道』の「浪の間や小貝にまじる萩の塵」を踏まえたもので、「虹のこぼせし」に詩的な処理が垣間見える。八句目は、種ヶ浜の法花寺に芭蕉が残した「小萩ちれますほの小貝小盃」を踏まえたもので、「ますほの小貝小盃」の芭蕉の侘しい思いを、「人魚のなみだ」に通わせている。

九句目と最後の句は水上勉の「若州一滴文庫」での作である。竹人形の演じる舞台の後ろの竹林、また竹の繊維で漉いた「竹紙」を詠んで、その世界を醸している。そしてこの群作の世界のあちこちに、それとなく先人や死者の魂との交感を感ずることもできる。

水澄めり鳳凰堂の翼翔つ
くらがりに阿弥陀如来や初紅葉

源三位頼政の墓うめもどき

頼政の扇の芝や穴まどひ

これらは平等院を訪れた時の句である。源頼政は保元・平治の乱に功をたてたが、平氏追討で敗れて宇治平等院で自殺した。優れた歌人でもあった頼政を偲んでの句である。ここでも頼政の魂と器の魂が交感している。

燈芯切る報土の僧に雪の華

たらたらと即一つ火の一つかな

一つ火や闇の方舟動き出す

咳こぼす十二光仏闇晴れて

無明の闇脱ぎていただく小豆粥

これらは、一遍上人を宗祖とする時宗の総本山、藤沢市の清浄光寺（しょうじょうこうじ）、通称遊行寺での「一つ火」を詠んだものである。一遍は踊念仏を民衆にすすめ、諸国を遊行したので「遊行上人」と言われた。「一つ火」は十一月十八日から二十八日まで行われる勤行で、二十七日には一山の灯火を消し、火打石による採火がおこなわれる。これを「遊行の一つ火」という。

一句目は身を清めた僧が寺の灯火を消してゆくところで、闇に浮かぶ雪が幻想的である。二句目は全山の闇の中で、いよいよ火打石で採火する場面である。三句目は採火された「一つ火」が進む様子を、「方舟」と置き、仏への導きに重ねている。五句目は一切の迷妄・煩悩の闇から解放された灯りの下で、小豆粥をいただく様子を描いたものである。

いずれも「一つ火」の宗教行事を、モノに即した動きで描き、臨場感があり、器の写生の確かさが伝わる。

さて、この句集は旅吟が多いが、中でも数として、また質の点でも抽んでているのが「佐渡行」の群作である。

三昧堂に塚原問答冬桜

まさをなる天にも流れ波の花

沸き上る海を鲝りて波の花

おうおうと能舞台雪椿かな

天にのぼる一段ごとの牡丹の芽
いくたびも雪にこゑあぐ山椿
雪起し二行にて足る赦免状
無宿の墓吸付け煙草雪にさす
金北山よりの風花牡蠣を打つ
生きて地獄死して深雪の山椿
松に降る雪発光す火葬塚
鐘打つて音が音追ふ雪しぐれ
良寛の母の里あり牡丹の芽
日の奥に世捨小路や猫の恋
春立てり島の銀座に一字「塩」
寒明けの天にもありて水の音

器はこの群作の中で二つの句を採りあげ、句集のあとがきでこう述べている。
「句集名は佐渡吟行の

まさをなる天にも流れ波の花

沸き上る海を毟りて波の花

の句から『波の花』とした。二年半の月日のうち、もっとも感動が大きかったからである。そしてその時、私ははじめて「私意を離れる」ことが出来たように感じた。私にとっては記念すべきことであった。」

「私意」とは私欲をむさぼる心、私心、または私情をまじえた公平でない心のことである。俳句を作るにおいて「私意を離れる」とはどういうことだろう。ここでもう一度器の言う「命二つ」を想い起こしてみる。「私意を離れる」と「命二つ」はどうつながるのか。

器は『貴椿』で俳人協会賞を受賞した時こう述べている。

「平凡な人間が一人で俳句を作っても、それは苦しいだけで、いずれは行き詰まってしまうであろう。それより命二つ、相手に作らせてもらう方がよいのではないか。はじめは五対五で相手と切り結ぶ気構えであったが、やがて七対三、八対二となり、今は相手のふところに入って、どうすれば相手の命を輝かすことが出来るか、そのことだけを考えるようになった。」

この言葉の次に「私意を離れる」を置くと「命二つ」の相手のふところに丸々入り、十対○になることが「私意を離れる」ことであると読める。

まさをなる天にも流れ波の花

沸き上る海を毟りて波の花

器はこの二句を得て、これこそが相手の命を輝かすことであることを感じ取ったのではないか。

筆者はここまでの器の俳句表現の深化を辿ってみて、高浜虚子の「写生」の考え方に近いものを感じる。少し長くなるが引用してみる。虚子は『俳句への道』で次のように述べている。（岸本尚毅著『俳句の力学』を参照。〈第一段階〉・〈第二段階〉・〈第三段階〉は岸本氏の言葉。）

〈第一段階〉「客観写生といふ事は花なり鳥なりを向ふに置いてそれを写し取る事である。自分の心とはあまり関係がないのであつて、その花の咲いてゐる時のもやうとか形とか色とか、さういふものから来るところのものを捉へてそれを諷ふ事である。だから殆ど心には関係がなく、花や鳥を向ふに置いてそれを写し取るといふだけの事である。」

〈第二段階〉「さういふ事を繰返してやつてをるうちに、その花や鳥と自分の心とが親しくなつて来て、その花や鳥が心の中に溶け込んで来て、心が動くがまゝにその花や鳥も動き、心の感ずるまゝにその花や鳥も感ずるといふやうになる。花や鳥の色が濃くなつたり、薄くなつたり、又確かに写つたり、にじんで写つたり、濃淡陰翳凡て自由になつて来る。さうなつて来るとその色や形を写すのではあるけれども、同時にその作者の心持を写すことになる」

〈第三段階〉「更に一歩進めば又客観描写に戻る。花や鳥を描くのだけれども、それは花や鳥を描くのでなくて作者自身を描くのである。／俳句は客観写生に始まり、中頃は主観との交錯が色々あつて、それから又終ひには客観描写に戻る」

岸本氏はこの後、外山滋比古著『俳句的』の文章を引きながら〈第二段階〉、〈第三段階〉をそれぞれ外山氏の言う「感情移入」、「客観移入」に近いと述べている。

「感情移入の方は、自然を擬人化するものである。自然を人間になぞらえて理解する。これまでのロマンティックな詩歌は人間中心の感情移入によって支えられてきたが、そこで表現されている人間と自然はあくまでも主観のフィルターを通ってきたもので、あるがままの姿と色をしていないはずである。あるがままの人間、自然を知ろうと思えば、感情移入を極力、抑制して客観移入を可能にするほかはない。」(『俳句的』中「冷え」より)

虚子のこの写生の深まりゆく過程の文章と、器の「命二つ」から「私意を離れる」の物言いはどこか重ならないだろうか。

〈第二段階〉の「その花や鳥が心の中に溶け込んで来て、心が動くがまゝにその花や鳥も動き、心の感ずるまゝにその花や鳥も感ずるといふやうになる」の「花」や「鳥」を「海」や「天」そして「波の花」に置き換えるとわかる。器の言う「命二つ」の「相手に作らせてもらう七対三、八対二」はこの〈第二段階〉の心と対象の溶け込み方の度合いと考えられる。言い換えれば岸本氏の引用する「感情移入」の度合いである。

では「私意を離れる」の十対〇は、〈第三段階〉の「客観移入」なのか。筆者にはどうしても「天にも流れ」や「耄りて」に主観を感じてしまう。「私意を離れる」は、〈第二段階〉の「感情移入」が、丸々対象に溶け込んだ意識状態ではないかと思われる。それにしてもこの二句の世界の持つ力強さはこの句集を代表する作品であることにまちがいない。

生きて地獄死して深雪の山椿

この「佐渡吟行」は流罪となり、金山で過酷な労働を強いられた流人たちへの鎮魂の句群ともなっており、器は死者の魂と交感をしている。

七月の水ひるがへる狐川
青鷺の吹かれてゐたり蛇笏句碑
涼風の刃のごとく墓の立つ
掃苔や草引き草に引かれたる
炎昼や供へし水のすぐに沸く
歯にあてて割箸割りぬ雲の峰
桂郎に晩年のなし糸瓜咲く
一と畝は山廬へつづく芋嵐
涼風を村いつぱいに欅立つ

これらの句は甲府の「山廬」を訪れて成った。

一句目の「狐川」は「山廬」の裏手を流れる川で、「ひるがへる」に、蛇笏の「山廬」にいるという器の心の昂ぶりを読むことができる。

また三句目、四句目には「飯田蛇笏墓前」の前書きがある。「刃のごとく」に蛇笏の風姿とその俳句を彷彿させ、「草引き草に引かれ」に蛇笏山脈の力強さを読む者に感じさせる。それは器自身が蛇笏の魂と交感しているからである。

最後の句は龍太の「どの子にも涼しく風の吹く日かな」を想い起こさせるとともに、「欅立つ」に蛇笏・龍太父子のどっかとした姿が重なる。

百一年子規の留守なり蟬の穴
子規の眼の高さ鶏頭の焔の高さ
曼珠沙華一直線のこゑをあぐ
絶筆の一滴とびぬ秋海棠

蕪村忌に集まりし人々

寄せ書や風呂吹きに酔ふ四十人
レリーフの子規の横顔秋の風

子規の墓

赤とんぼ供へて水の甘からむ
子規に会ふ用あり月のわらべ橋
芋坂の一丁半里月をあぐ

これらの句は根岸の子規庵で得られたものである。

一句目は子規没後百一年を「蟬の穴」の暗い空洞に象徴させて、その不在感を読み手に伝えている。

二句目は、子規の「鶏頭の十四五本もありぬべし」を踏まえながら、「焔の高さ」に、志半ばに倒れた子規の無念を読むことができる。

四句目の「絶筆」は子規の糸瓜三句のことで、「一滴とびぬ」と、今まさに書かんとするところを描いている。「秋海棠」は「断腸花」とも呼ぶことを考えれば、器の子規の魂への迫り方が伝わってくる。

五句目の「寄せ書」の句は、子規庵での蕪村忌の句会を絵にしたもので、妹の律が「風呂吹き」を配っているところが描かれている。

器はここで、子規という近代俳句の精神と魂の交感をしているのである。

いのちなり西行墳の花仰ぐ
膝折つて僧と花冷え分ちあふ
思ひのこすことなし西行桜浴ぶ
西行の庵の跡やすみれ咲く
花の寺さくら一本寄進せり
西行忌さくら昏れゆくこゑをもつ
旧二月十六日の月を上ぐ
花あればすなはち西行墳墓かな

これらの句は西行の終焉地、河内の弘川寺で得られた。

一句目は西行の歌「年たけてまたこゆべしと思ひきや命なりけりさ夜の中山」を踏まえている。この時西行は六十九歳であった。器はこの歌の西行の感慨に魂を寄せながら墳墓の花を仰ぐ。

三句目も西行の「願はくは花の下にて春死なむそのきさらぎの望月のころ」を諳んじつ

つ、落花を浴びるのである。「思ひのこすことなし」に感極まった器の姿が浮かぶ。

また六句目は昏れなんとする「西行桜」に、西行の魂の声を聞いているのである。「命二つ」の魂の交感が、確かなものとして器に届いたと言える。

これらの西行を慕う作品の底には、芭蕉が述べた「西行の和歌における、宗祇の連歌における、雪舟の絵における、利休が茶における、その貫道する物は一なり」が流れているのではないか。器の魂がもっとも浄化されたひとときと思われる。

冒頭でも述べたように、器はこの句集において、旅吟という形で先人の魂との交感を言葉として残したと言える。その表現方法が「命二つ」の物言いであった。近代俳句の創始者、子規の子規庵と芭蕉が詩精神として求めた西行の終の地を訪れ、魂の交感をしたところに器の思いが表れている。そのぶん、これまでの句集で見られた桂郎恋の句が極端に少なくなっている。

桂郎の遺書もあるべし落し文
桂郎に晩年のなし糸瓜咲く
指折つて桂郎二十八回忌

この少なさは桂郎とは違う俳句意識、表現法を確立した自信によるものであろう。
最後に次の句を挙げてこの句集の読みを終わる。

山一つあたためてゐる冬すみれ

来迎の雲を放てり——第九句集『月の道』の世界

句集『月の道』は平成十六年から十七年までの句をおさめる。第八句集『波の花』の刊行からわずか二年ほどしか経っていない。何が器を急がせているのだろうか。

実は器は十六年の八月に脳梗塞で倒れている。この句集のあとがきに、その事実と俳句への思いを述べているので紹介する。

「私は昨年（平成十六年）八月二十五日朝、脳梗塞で倒れた。病院が近く、幸い軽く後遺症もなく済んだが、色々と義理を欠くことも多く、万事思うように行動できない状態であった。先輩であり、師でもあった斎藤玄は、「命は惜しくない、が、寿命が縮まった分だけ句作が出来ないことを惜しむ」と言われた。私には斎藤玄ほどの覚悟も悟りもない。命は惜しいのだ。皆様に一度でも多く会いたい。もし、命を惜しまなくなることがあるとすれば、それはおそらくもう一度倒れた後のことであろう。その時、せめて半歳、一年は作句する時間が欲しいものだ。」

器はその折の吾や身ほとりをこのように詠んでいる。

担送車に見し酔芙蓉すでに紅

何も考へない秋蝶の翅使ひ

生きてをり旭の中のりんごの香

去るものは去らして烏瓜の花

りんだうを挿せば深山の風通ふ

たましひの離れてあそぶ月の萩

白ばかり咲かせて萩の花づくし

筆絶つて病臥一と月虫細る

里芋に花咲く生きる力欲し

秋風をつかみそこねし立ちくらみ

もう一度酔うて死にたし酔芙蓉

芋の露力つくして百歩行く

この中から何句か採りあげてみる。

一句目には「八月二十五日　突然倒れる」と前書きがある。意識が回復してからの作であるが、「紅」の色にかつて若い時、結核で喀血した日の吾を重ねている。

二句目の「何も考へない」は、これまで多忙をきわめていた吾の呆然とした意識が、「秋蝶」を見るともなく見ているのである。

三句目は生きている実感を朝日のまぶしさと切り分けた林檎の甘酸っぱい香りで確認している。

六句目は療養生活の中で、眠られぬ夜の意識状態を詠んでいる。月明りの萩を見るともなく見ているうちに、吾が「たましひ」が遊離して、「萩の精」と交感をしているのだ。これまで読んできたように、「命二つ」を具現化したものだが、器にとって「月」の存在は大きい。

八句目の「筆絶つて」は、主宰としての仕事が一切できない口惜しさを「虫細る」に重ねている。この「細る」には今後の復帰への不安も含まれている。

最後の「芋の露」の句はリハビリを詠んだものだが、回復の実感が確かなものになりつつあることを伝えている。「力つくして百歩行く」に器の喜びの声が聞こえる。

この時、器は七十七歳であり、この病の体験が句集『月の道』の刊行を急がせた理由の一つであろう。

また器はこの句集刊行にあたり、別のところでこう述べている。これまでの俳歴を振り返りながらの叙述に、器の生の声を聴くことができる。（「俳句」平成十八年七月号「私の俳歴」より）

石川桂郎は昭和五十年十一月六日逝去された。翌年、「風土」二月号*が追悼号となった。その中に山本健吉先生の〝「命」の嬉戯〟と題した追悼文が掲載された。

《波郷の弟子たちの中で、耀く星を一人挙げてみれば、それは桂郎ということになろうか。波郷的なものの真髄は、発句の中に瞬間的に「命」の灯をともすことだろうが、それを桂郎は、最終的には会得したと思えるからである。その「軽み」が、波郷から桂郎に継承されたものだ。無頼ぶりは外貌に過ぎない。その中身は、命二つ、その中に生きて咲き出たものがなければならない。（中略）神蔵氏はじめ「風土」の連衆よ、私のこの説を、果して納得するや、否や》と結んでいる。勿論、桂郎への追悼文であるが、私には私のこれから進むべき道、志の在り方を示されたもののように受け取れた。

続けて、

私は昭和二十二年の早春、同村の青年と二人、紹介状もなく桂郎先生のお宅を訪ねた。戦後の一億皆耐乏生活を送っている時「俳句で飯を食っている」、そんな人の顔が見たかっただけで、俳句は何にも知らなかった。

それでも半年もすると斎藤玄の「壺」に紹介され、さらに三年して中島斌雄の「麦」にすすめられ投句するようになった。この間、二十三年八月頃から胸を患って約五年ほど病床にあった。学校は明治大学文芸科に在籍していて「休学にしてあるから」と兄に言われ安心していたが、実際はとっくに退学になっていた。昭和二十八年、何もかも捨てて東京に出て錺（かざり）職人になった。「風土」への参加は創刊から二年遅れて昭和三十七年である。

桂郎先生没後、三年間は平本くらら先生に主宰をお願いし、私は五十四年、「風土」二十周年を機に主宰となった。「命二つ」がいくらか見えて来たからである。

「命二つ」は、はじめは五対五、対象となる相手と作者の自分と切り結ぶ命の火花、それが俳句と考えた。そして六対四、八対二となった。今では自分の方はゼロでいいと思っている。もともと「命二つ」は、相対するものではない。対象の中に深く入って同化することによって、生命感にふれ合うことである。そしてどうしたら相手の命が輝き、光を放つか、ただそれだけを心掛けている。

〔＊昭和五十年十一・十二月合併号〕

この「命二つ」の物言いのなかに、第七句集『貴椿』で俳人協会賞を受賞し、第八句集『波の花』で「命二つ」の句を定着させてきた自信がうかがえる。

そしてこの文章の中で注意しておきたいのは、「私は（昭和）五十四年、「風土」二十周年を機に主宰となった。「命二つ」がいくらか見えて来たからである。」のところだ。つまり「命二つ」が俳句理念として揺るがないものになりつつあることを確信して、主宰を引き受けたのだ。昭和五十四年といえば、第二句集『有今』で「寒椿いつも見えゐていつも見ず」の「命二つ」を具現化した句を得、主宰として俳人として一人立ちが始まった時期である。さらに第三句集『能ヶ谷』の次の句など、

田や畑や動かぬものに雪つもる

一本の冬木となりて木を離れ

雪の川向うを別の刻流れ
鳥帰るうつらうつらと大欅

一句目の「田や畑や動かぬもの」が「命二つ」でいう対象に深く同化した言葉であり、「動かぬもの」という対象の認識が積雪の在り様を読み手に伝えている。

二句目も「冬木となりて」と冬木に同化することで、他の木とは違う冬木の本質を捉えている。

三句目は「川向う」を対象としているわけだが、同化することにより、川は世界を切り離すという本質の一つにたどり着いたのである。川の向こうには別の世界があり、別の時間が流れているという認識は深い。

四句目は新芽の頃の「大欅」に同化して、形容としてまた「鳥帰る」頃の駘蕩感が「うつらうつら」という言葉を引き出している。

器は「命二つ」に基づくこのような句を得ることにより、主宰として立つ覚悟ができた。私たちはこれまでの器の句集を読み進め、「命二つ」の理念が句として定着したのを目の当たりにしてきたのである。

ここで句集『波の花』から句集『月の道』へと「命二つ」の世界がどのように安定して広がっていったかを見てみる。

一本の村を出て行く月の道

この句集のタイトルになっている句である。まず、器にとって「月」はどんな存在かを振り返ってみる。

白牡丹そのまま月の牡丹かな
寒満月妻ののぼりしあとのなし

一句目は妻への鎮魂の句集『幻』、二句目は続く句集『貴椿』におさめられている。「寒満月」を読めば「月」が魂の昇ってゆくところ、死者の魂の世界であることがはっきりする。器にとって「月」は死者の魂の世界である。今その月の光が村をつらぬく一本の道を照らしている。「命二つ」から言えば対象は「月の道」である。それに深く同化することによって、器は何を引き出しているのか。月は死者の魂の世界で、その光が道を照らしている。この光は「一本の道」を月へ昇らせるための光ではないのか。それは『貴椿』の「寒満月妻ののぼりしあとのなし」と詠んだことでわかる。つまり「月の道」の先は月へと繋がっているのだ。死者の魂と繋がる道が器にははっきりと見えたのである。この句が脳梗塞の病が癒えた頃の作である事実を踏まえれば、器自身の死を充分に意識して、死者の魂との交感によって生まれたと言えよう。月には妻の魂もいるのである。

来迎の雲を放てり朴の花

この句も句集『月の道』を代表する一つである。まず大らかで清浄な世界は神秘的でもある。「命二つ」によれば対象は「朴の花」である。天高く咲く大きな白い花は清浄無垢そのものだ。器はその形状や在り様をどう表現すれば輝くかに心を砕き「来迎の雲」を得た。「来迎の雲」とは、阿弥陀如来が衆生を救うために、菩薩や天人を乗せて人間世界に降りて来る時の雲である。器は「朴の花」にひたすら同化することにより、「朴の花」を「来迎の雲」へ転化したのである。私たちは「朴の花」を仰ぎながら、天上に阿弥陀如来来迎の壮大な世界を想像すればよい。

この器の「対象に同化する」というのは対象へ感情移入することと同義である。「来迎の雲」への転化は多分に主観的であるが、このことによって「朴の花」の季語としての新たな世界が加えられた。
器の「命二つ」による表現世界と、いわゆる客観写生の世界との違いは主観性の強さである。これは客観が佳くて主観はそうでないということではない。いずれも対象をどう輝かすかへのアプローチなのである。

炎天へ影削りゆく黒揚羽

この句の対象は「黒揚羽」である。この場合の「影」は「黒揚羽の影」というより「黒揚羽の姿」と詠んだほうがよい。炎天へ昇りつめてゆく「黒揚羽」の黒い姿が、ぎらつく日差しに紛れ細くなって、終には見えなくなってゆくのを「影削りゆく」と表現したのである。

いのちなり西行と佇つ青嵐

器の「命二つ」における対象は形あるもの、見えるものだけではない。ここでの対象は「西行の魂」である。私たちは第八句集『波の花』で、「西行の魂」と交感する器を見ている。

思ひのこすことなし西行桜浴ぶ　『波の花』

西行忌さくら昏れゆくこゝろをもつ　『波の花』

西行の終焉地の弘川寺での花の頃の作である。これらの句から器の感極まった心情が伝わる。

さて「いのちなり」は西行の歌「年たけてまたこゆべしと思ひきや命なりけりさ夜の中山」を踏まえている。これは西行が六十九歳の時の歌で、二十三歳の頃に初めて中山峠を越えた日のことを思い出し、年を重ねて再び峠に立った時の激しい感慨を詠んだものである。この「命なりけり」は西行の絶唱である。

器もまた中山峠に立ち、「西行の魂」にひたすら同化する。終には「西行の魂」と並び立つまでに同化が深まった時、「西行と佇つ」の言葉を得たのである。器は西行と雄々しい命に輝く「青嵐」を仰ぐのである。

秋風を二三歩追へり見送れり

この句には「角川照子」の前書きがあり、照子を悼んだ作品である。「命二つ」の対象は「秋風」であり、句の世界から「秋風」は「照子の魂」であることがわかる。器は「秋風」に吹かれながら、その中の「照子の魂」に声を掛け、後を追ったのである。しかし二三歩して立ち止まった。「照子の魂」すなわち「秋風」がまたたくまに向こうへ去っていったのである。

父のごと声かけてくる冬木立

この句の対象は「冬木立」である。「冬木立」を輝かすにはどうしたらいいのか。「冬木立」に深く踏み入っていくうちに「父」のイメージが湧いてきたのである。葉を落とし幹や枝が露わになった木立から低く凜とした声が聞こえてくる。これはまさに厳父の声だ。

さて、第七句集『貴椿』の読みの中で、「命二つ」の対象と深く交感するには、吾の命を浄化し自在にする必要があると筆者は述べた。器の句の中で言えば、

ばら咲いていのち澄みゆく思ひかな　『貴椿』

己が身を離れて見ゆる秋の風　〃

などがそれに当たる。句集『月の道』では、この澄んで自在になった器の魂が対象と融

合して、思わぬ世界を作り上げており、「命二つ」に基づく世界の広がりを感じさせる。

石ころのみな賢くてクロッカス
初蝶生る正三角形ひもとけば
夏空に小倉百人一首撒く
コーヒーの車内を通る青田中
点眼や枯野ふくらみ来てあふれ
しゃぼん玉吹く太陽を一つづつ
釈迦の掌をはみだしてをり葱坊主
泉打つ風のしっぽの唄ふかな

これらの句の世界の何と自在なことか。二〜三句採りあげて読んでみる。

一句目は擬人化だが、「みな賢くて」がクロッカスの明るさと律義さを読み手に伝え、思わず笑みがこぼれる。

二句目の「初蝶」と「正三角形」には関係性はない。ところが「ひもとけば」と置くことにより、冬の固く尖った空気が解けて初蝶が現れてくるようなイメージを読み手に持たせるのである。

六句目の「しやぼん玉」は、童が作ったような素朴さがあり、かつ明るい。最後の「風のしつぽ」の句は、アニミズムの世界だ。「風のしつぽの唄ふ」の発想はどこから来るのだろう。これらの句が器の言う「対象へ己れの魂をすべてあずけ輝かす」世界であるのかもしれない。「平凡な人間が一人で俳句を作っても、それは苦しいだけで、いずれは行き詰まってしまうであろう」と漏らした器が、そこから転位して摑まえた世界と言えよう。器にとっての「軽み」かもしれない。

器は『月の道』で、「命二つ」に基づく俳句表現が不動のものになったことを私たちに伝えている。それはとりもなおさず師の桂郎の境涯性の俳句から遠ざかったことを示す。例えばあえて生活の匂いのする俳句を探ってみる。

線香に火のつく春の霜柱
時の日や夕餉のあとに日の当り
盗まるるを待つ仏壇のさくらんぼ
迎火送火多勢に焚きて一人かな

ひつつみといふすいとんや敗戦日
盆三日妻来て言葉つつしめり
入道雲血圧降下剤を嚥む
終戦日熱き番茶の喉を過ぐ
禁煙の板に付きたる春愁ひ
桜咲くわが採血の濃かりけり
盆の来る石の割れ目の草引けば

句集『月の道』におさめられた四百一句の中から、脳梗塞の時の句を除き、身ほとりを詠んだ句はわずか十一ほどである。それも死者との語らいや自身の病気がほとんどだ。そして桂郎を詠んだ句が見当たらなくなった。器が見事に「命二つ」の世界に転位したことがわかるだろう。

他いくつか「命二つ」の句の世界を挙げて、第九句集『月の道』の読みを終わる。

放鷹会高貴な空をのこしけり

打つて出づ桜えび漁大船団
苧殼折るより衣擦れの音かすか
父死後も山へ向きたる籐寝椅子
妻に挿す鈴張るごとき水仙花
白波の抱擁解くや海苔を掻く
火の匂ひあり過去帳も夕鵙も
天上に落花流るる身延行
向日葵や墓標のごとく地に差さる
八月や過ぎゆくものに眼をひらく

むらさきの風――第十句集『氷輪』の世界

句集『氷輪』は平成十八年から二十年までの句をおさめる。「氷輪」とは冬の月の別名である。このタイトルについて器はあとがきでこう述べている。

「ガリレオが自作の望遠鏡で、初めて眺めた天体は冬の月であった。人類がはじめて月の素顔、素肌を見た瞬間である。そして同時に人類が悠久と無限の宇宙に迷い入った瞬間である。『氷輪』は冬の月であるが、太初の言であり、神と共にある。」

さて『氷輪』の前の句集名が「月の道」であった。

一本の村を出て行く月の道　『月の道』

この句で器は死者の魂の世界である「月」と光の道で繋がろうとした。器はさらにその「月」が氷の世界であると言う。その氷の世界は神すなわち魂と共にある。

ここで『氷輪』の中で月の句をいくつか拾い上げてみる。

春満月ノアの方舟近づけり

本来なら「ノアの方舟」は人や動物、植物の命を救う舟であるが、これまでの器の月に対する意識からするとあらゆる魂を乗せる舟とも考えられる。今その方舟が水をたたえたような「春満月」へ近づいてゆく。

神輿庫ねむらせ月のさくらかな

「京・円山公園」の前書きがあり、この「さくら」は円山公園の枝垂桜である。近くには祇園祭に関わる八坂神社がある。この「神輿庫」はその神輿を納めている。これも先ほどと同じく「春の月」である。妖艶とも神々しいとも言える世界だ。桜には死者の魂が棲みついている。今死者の魂が春の月明りに誘われて遊んでいるとも読める。

いくたびか月の夜を経て椿かな

これまでの句集の中で、出てきた「椿」と「月」である。例えば、たまきはる白のひびけり貴椿　『貴椿』
寒椿四五歩の距離の遠かりき　『二代の甕』
寒椿いつも見えゐていつも見ず　『有今』
寒椿まなこ閉づれば妻の咲く　『幻』

など、椿との命の交感をおこなってきた。
また「月」の句では、

白牡丹そのまま月の牡丹かな　『幻』
寒満月妻ののぼりしあとのなし　『貴椿』
一本の村を出て行く月の道　『月の道』

など清浄な神の世界、死者の魂の世界を現出してきた。これを踏まえてこの句を読むと、これまでの器の「月」や「椿」との交感の集大成と言えるのではないか。つまり幾度となく月と椿の間を魂が往来してきたそのような椿なのである。

十六夜や歩けるところまで歩く

「十六夜」は前夜の満月より遅れて（ためらって）昇ることからつけられ、ここから次第に欠け秋が深まってゆく。器は「歩けるところまで歩く」と、心情を吐露している。この時、器は八十歳の傘寿である。一度脳梗塞で倒れ、幸い後遺症は無かったが、つくづくと年齢を考えざるを得ない。器はこの前の句集『月の道』のあとがきで「もう一度倒れた時、その時はせめて半歳、一年は作句する時間が欲しいものだ」と呟いている。覚悟を決めての心情吐露である。欠けてゆく月を仰ぎながらそちらの死の世界に行くまでもう少し歩かせてくれと言っている。

笛の音や海にも月の道ひらく

この句には「鍛錬会」の前書きがあり、その夜の月明の海を望んでの作である。「笛の音」は祭の笛の音というより、器の魂が捉えた音だろう。波のおさまった海に煌々と「月の道」が出来ているのに瞠目しているのだ。「一本の村を出て行く月の道」と同様、この道もまた月へ続いている。つまり魂の昇ってゆく道なのである。「ひらく」が広々とした海原の道を想像させる。

一つ咲く白侘助は月の使者

これも「椿」と「月」の取り合わせである。赤い椿ではなく「白侘助」としたことで、清楚さを際立たせ、それが一つだけ月明に咲いている構図である。器はこれを地上の魂と魂の世界を取り結ぶ「使者」に見立てた。下敷きには第七句集『貴椿』の「たまきはる白のひびけり貴椿」があり、その変奏と言えよう。

冬満月人のくさりのちりぢりに

この句は寒々しい「冬満月」に対し「人のくさりのちりぢりに」を取り合わせている。「冬満月」を仰ぎながらの器の感慨が露わになった言葉と言える。「人のくさり」とは、親子、兄弟、親類、友人関係など人と人をつなぐ関係性である。その関係性が「ちりぢりに」なっていると感じている器がここにいる。親を亡くし、兄弟を亡くし、師の桂郎を亡くし、妻を亡くした器の孤独感がひしと伝わる句だ。いずれは私もそちらへ行くよと「冬満月」を仰ぐのである。

さて「命二つ」に基づく俳句表現は対象の命との交感によって生まれるものだが、対象には死者の魂もふくまれる。これまでの句集でも数多の先人の魂との交感を読んできたが、特に師である桂郎を詠んだ句は数において群を抜いていた。しかし「命二つ」の表現世界が定着するにつれ、その数は減っていく。これは器の年齢、八十歳前後になったこともあるが、やはり桂郎流の境涯俳句から抜け出せたことが大きい。第九句集『月の道』でも数の少なさに触れたが、この『氷輪』においても同様である。

亀鳴くを桂郎逝きてより聞かず

師の形見硯洗へば盆の来る

啓蟄や三鬼桂郎おくれをり

忌や一つ十一月のうすみどり

桂郎忌火をする音の穴まどひ

句集から拾えたのはこの五句ほどである。思慕が薄れたわけではない。己の表現世界を確立したことにより、桂郎の魂に頼る意識が少なくなったのである。

一句目は桂郎の死に至る病の中での絶唱「裏がへる亀思ふべし鳴けるなり」を踏まえた

ものである。器はこれ以上の「亀鳴く」の句は無いと言い切っている。

二句目は七夕の前日に「硯洗」をしたのである。器愛用の硯だ。しばらくしたら盆になり、桂郎ともまた会える。

三句目は器の「啓蟄や桂郎三鬼ぞろぞろと」の変奏と言える。「おくれをり」に三鬼や桂郎もあの世で年をとったかという思いが覗かれる。

四句目の「忌やひとつ」は桂郎忌（十一月六日）のことで、冬に入る直前の、十一月の姿を「うすみどり」と捉えている。

五句目はこれまでとは逆に桂郎の執念のようなものを感じる。「穴まどひ」を桂郎に重ね、惑う様子を「火をする音」と捉え、六十六歳で亡くなった桂郎の志半ばの魂に想いを馳せている。

いずれも桂郎の魂との交感であるが、折に触れて桂郎を想い、折に触れて句にしたというように感じる。

もう一つの先人との「命二つ」の交感は正岡子規である。近代俳句の開拓者であり、虚子を育て、現在までに及ぶ俳句の礎となった子規の精神との交感である。

子規庵のどの糸瓜にも眼の届く

子規庵での棚の糸瓜を詠んだものである。子規の絶句の糸瓜を想いつつ、いつしか器は子規の眼になっていくのである。病臥の子規はこの糸瓜をひとつ残らず愛しんでいたのだと、子規の魂と交感するのである。それが「どの糸瓜にも眼の届く」である。

かりそめにあらざる九月十九日

子規は三十五歳で、カリエスのため亡くなっている。命日は明治三十五年九月十九日。子規の俳句、短歌の革新はカリエスになってから死ぬまでの数年間に成し遂げたものであった。子規の常に死を意識しての偉業に「かりそめにあらざる」という言葉が口をついて出たのである。

身に入みて子規の写生画十二枚

子規の俳句、短歌における写生説は写生画にヒントを得たものである。子規は庭の草花をひたすら写生した。「ありのまま」とは何か問いながら写生を続けたのである。器はその写生画を目の当たりにしながら、冷え冷えとした秋の「もののあわれ」を感じている。

ひとすぢの蚊遣を焚いて子規の留守

この句は「子規の留守」と置くことで、子規の存在をより近く読み手に感じさせる。子規庵の子規の部屋に蚊遣が焚かれている。もちろん子規はいないのだが、「子規の留守」という言葉が、この蚊遣は子規のために焚いているのだと錯覚させるのである。子規の魂に一歩も二歩も踏み込んだ表現と言える。

つくつくし土葬の子規に声とどく

子規の句に「つくつくぼうしつくつくぼうし斗りなり」があり、子規にとって「つくつくし」はやかましかったのか、愛しかったのかと器は尋ねているのである。

風呂吹やほうほうほうと子規のこゑ

この句も子規の句の「風呂吹の一きれづつや四十人」を踏まえている。子規は病床であったが、子規庵で幾度となく句会を行っており、その折の句である。虚子や碧梧桐や東洋城など名だたる弟子が一堂に会しての句会である。句会の合間に、妹律の炊いた「風呂吹」を分け合って食べるのである。「ほうほうほうと子規のこゑ」は、まるで器も子規の傍に居るような臨場感がある。愛弟子を見やりながら「風呂吹」を吹く子規は、つかの間の至福を味わったにちがいない。器の言う「命二つ」の相手の命に同化した作品になっている。

子規庵の種より育つ鶏頭花

これもまた子規の句の「鶏頭の十四五本もありぬべし」を踏まえている。子規庵には今でも子規がいた当時の庭を再現し、年中草花が絶えることはない。秋になれば必ず鶏頭が咲く。この鶏頭は子規の時代から代々継がれてきた種によって育ったものにちがいないと器は頷くのである。

これらの句は器の「命二つ」による対象への感情移入の深さが引き出した子規の世界であり、読み手に子規を間近に感じさせる。すなわち「命二つ」が器の表現において肉体化していると言える。

次にこの句集の中で、句碑建立の一齣を句にしたところがあるので紹介する。

句碑一つ加へて山の粧へり
紅葉の三曲百歩句碑の建つ
冬麗の中の冬麗句碑除幕
あたたかし冬日と句碑と御仏と

これらには、「京の日ノ谷山成就院に句碑建つ（いのちまた燃ゆるいろなり初明り）」と前書きがある。この句碑建立は、「風土」同人で成就院副住職の南奉栄蓮の強い願いで実現できたものである。この句碑は舞鶴をはじめ関西の風土人が馳せ参じた。夜久野の瑞光寺に次ぐ関西での器句碑となり当日は舞鶴をはじめ関西の風土人が馳せ参じた。特に器とは兄弟弟子にあたる幹部同人の浜明史は病を押しての参加で、器との再会を喜びあった。

いのちまた燃ゆる色なり初明り

句碑となったこの句は平成四年の作で第五句集『心後』におさめられている。「初明り」を受けて全身に燃え滾るような命の昂ぶりを感じて作ったもので、「初日」と「器のいのち」の交感と言えよう。

四句目の「あたたかし」の句は、「冬日」と「句碑」と「御仏」のほかに、馳せ参じた浜明史をはじめとする「風土人」への挨拶でもある。
器は句碑建立のあと、京都に立ち寄り真如堂の向井家の墓を訪れている。

俳諧奉行去来の墓や木の実打つ

去来の墓は落柿舎の奥にある自然石の小さな墓が有名であるが、これは遺髪の墓である。遺骨の墓は向井家一同の眠る真如堂の墓地にある。器は木の実落ちるころ参拝した。

金輪際十夜の綱を握りしむ

「十夜」は真如堂でおこなわれる法要で、十昼夜続けられる。現在は十一月五日から十五日まで行われている。「十夜の綱」とは本尊に繋がる綱が境内まで伸びており、これを握ればご利益があることから、参拝者は必ず握るのである。器も「金輪際」と力強く握った。

西行のさくらみにゆきたまへるか

句碑建立の翌年の桜の頃、浜明史は逝った。酒井章鬼に続き、また盟友を失った時の句である。

さて、めっきり吟行が少なくなった器であったが、久しぶりに伊豆大島を訪れ群作を残している。雑誌の依頼に応えるため「椿祭」に日程を合わせた群作である。何句か採りあげてみる。

椿祭はじまる島の怒濤かな
太郎冠者光源氏も椿の名
赤よりも白の炎えたつ椿かな
一つ咲く白侘助は月の使者
椿落花大地に音の生まれけり
目白来て椿の花の歓喜かな
泣く椿笑ふ椿も島育ち
詠み捨てにして侘助の五万石
罪犯す匂ひ椿に近づくは

眉掃きのごとき椿の金の蕊

椿油しぼる二月大名四代目

雛飾る流人の裔の墓守りて

一句目は、流人の島でもあった大島の荒々しい波を描き「椿祭」に赴く器の心の昂ぶりを伝えている。

三句目は器の清浄な「白」に激しさを感じる器独特の感性が表れている。

四句目は前述したように「椿」と「月」の取り合わせで、清浄さとともに魂の交感が含まれる作品である。

九句目も同様に「椿の精」に相対する心性を「罪犯す匂ひ」と吐露している。

最後は「椿」の句ではないが、大島が流罪の島であった歴史を踏まえた、大島への挨拶になっている。

久しぶりの遠出の「大島吟行」で、群作を楽しんだ様子がこれらの句から伝わってくる。

最後に器の「命二つ」の対象との魂の交感が充分に行き渡った句をいくつか味わいながら『氷輪』を終わりたいと思う。

むらさきの風のしたたり花菖蒲

この句は風の花菖蒲を詠んだものだが、「風のしたたり」と置くことで菖蒲の長いはなびらが緩やかに揺れている様子を読み手に伝え、またその色が「むらさき」であることで典雅な姿を印象づけている。器の言う「相手を輝かす」世界が現出している。

寒鯉の上一尺の水眠る

この句は「寒鯉」そのものを詠むのではなく、水を詠むことにより「寒鯉」の微動だにせぬ姿を読み手に想像させせる。器が「寒鯉」に感情移入し、周りの水の重たくそよりともせぬ「寒の水」の有り様を受け止めたから「上一尺の水眠る」が得られたのである。

花火消え一千万の目のこる

西東三鬼に「暗く暑く大群衆と花火待つ」という句があるが、その後の大群衆の目に焦点をあてたような句である。また「一千万の目」から、大都市のすべての人々が花火の消えた闇空へ目を開いている光景を想像する。

万葉の詠み人知らず初硯

「俳句は無名がいい」と言ったのは飯田龍太だが、それを思い起こさせるような句である。新たな年を迎え、まず万葉集の「詠み人知らず」の歌をしたためる。はるか万葉の無名の佳き歌のように、佳き句は無名がいいと器はつぶやくのである。

水に手が出て——第十一句集『月虹』の世界

句集『月虹』は平成二十一年春から二十四年夏までの句をおさめる。タイトルの「月虹」は月の光に現れる虹のことで、それを見ることは器にとって長年の夢であった。あとがきによると「今年（平成二十四年）一月七日の夜、沖縄県石垣市で見られた。当日は小雨が時折降っており、月齢13・7の明るい月が虹を浮かび上がらせた。……本句集の中に月虹の句はない。もし月虹の句が出来るとしたら、それは私の死後ではないかと思う。」とある。

この句集もまた月を冠したタイトルである。「月虹」は言い換えれば月とこの世に架かる橋である。しかも命の根源の太陽の光が作り出す虹ではなく、死者の魂の住む月の冷たい光が作り出す虹である。器は死後、この虹を渡り、愛する妻や近親、桂郎、先達に逢いに行こうという願望で、タイトルにしたのかもしれない。

実際、器にとってこの『月虹』は最後の句集になってしまった。そのような意味では死者の魂への架け橋の「月虹」は暗示的である。

さて、この句集は器が八十二歳から八十五歳の間の句をまとめたもので、これまでと違いさらに老いや死を意識した句が見られる。いくつか抜き出して読んでみる。

秋海棠遠きことのみよく覚え

「秋海棠」のうつむく姿を眺めつつ、昨日のことが思い出せないもどかしさを詠み、加齢をひしと感じている。

初春の怒濤のごとく八十三

「怒濤のごとく」と置くことで、器に有無を言わせず加齢が重なってくることを示している。

死は一度寒九の水の甘かりき

「死は一度」とあらためて一回性の生を、「寒九の水」の甘さに嚙みしめているのである。

われにのこる死の大事あり揚雲雀

「死の大事」と置き、人間にとっての生誕と死の重要性を反芻している。「揚雲雀」の軽やかさとの対比が「死の大事」を引き立てている。

星 流 る わ が 頻 脈 の 百 五 十

「星流る」と流星の一生と重ねつつ、我が肉体の衰えを脈拍に受け止めている。

心 臓 へ く す り の と ほ る 白 露 か な

この句は「白露」という季節の巡りと薬に生かされている現実の肉体が密接に繋がっていることを感じている。

行 き 行 き て 芒 に 消 ゆ る と こ ろ ま で

これは我が死を誰にも知られたくないという意識が作った世界だ。芭蕉の枯野の句への想いが下地にある。

い づ れ 行 く 坂 白 椿 紅 椿

黄泉の国の「よもつひらさか」を思い浮かべつつ、魂の象徴である椿と同行したい願望が表れている。

陽炎に杖をとられし仏かな

最後の句はすでに仏になった器を自ら想像している。子規の絶句「糸瓜咲て痰のつまりし仏かな」を思い起こさせる。器は老いを重ねるのに加え、主宰としての仕事を常に支えてきた幹部同人の斎藤小夜を失う。

天上の花の茶会に招かれて
退院の仏にかけて春ショール
花吹雪泪に馴るることのなし
念珠よりさくらの花のこぼれけり

一句目は茶道の師範であった小夜氏を偲んだものである。「花の茶会」がはなやかな振る舞いの小夜氏を彷彿させる。

二句目の「春ショール」も、おしゃれであった小夜氏への心遣いが伝わる。

三句目は花吹雪の中で、一人残された悲しみを如何ともしがたいという心情が表れている。

そして平成二十三年三月十一日、器は大震災を体験する。自宅は被害はなかったが、盆の折、次のように詠んでいる。

あかあかと真黒き海へ門火焚く

「真黒き海」が巨大な津波で真っ黒になった海をいやがうえにも思い起こさせ、「あかあかと」は闇の海で燃え上がる石油を思い出させる。

こうしてさまざまな死と向き合うなかで、桂郎を身近に感じたのか、この句集では桂郎がまた何度か登場する。

蛇出でて桂郎の眼につき当り
桂郎のこゑのとんだる大根引く
師を訪へり粉を噴く寒の竹づたひ
激雷や「剃刀日記」開くまま

師の墓に十歩離れて芋の露
桂郎の亡き歳月や柿芽吹く
桂郎の墓へ十段木槿咲く

一句目は畦道をうつむき歩く桂郎と、穴を出たばかりの蛇との出遭いがしらを想像させる。桂郎のびっくりした真ん丸な目を彷彿させる。

二句目は桂郎の七畳小屋の周りが田畑だったころを思い起こさせる。桂郎に大根引きを頼まれ、指図のままに大根を引く器の姿が見える。

三句目は七畳小屋へ竹藪を伝っていくところだ。「寒の粉を噴く」が、そのころの竹の幹をよく描いている。

四句目は桂郎の句、「激雷に剃りて女の頸つめたし」を踏まえており、小説『剃刀日記』を雷光の中で置いたところである。

五句目も桂郎の句「芋の露十歩を行かず芋の露」を踏まえて「墓に十歩離れて」と置いている。

これらの句はいずれも桂郎との密接な師弟関係の体験に基づいたものである。遠い過去の佳き師弟関係を思い起こすところに却って器の年齢を感じてしまう。
　このような老いや死を身近に感じるなかで、「風土」同人の小林輝子による「みちのく吟行」の呼びかけはある種の救いであったろう。

　生きて会ふ一日の汗の香ばしき
　蛍よんでよもつひらさか引返す
　一本の山の木苺つまみあふ
　睡蓮の十四五咲いて一つ島
　河鹿鳴くこけし轆轤のいま止みて
　酒林ならぬ金魚の浮いて来い
　蔵庇つらねてほたるぶくろかな
　酒となる水のあまりに花菖蒲
　夏寒しなげしに槍の蔵座敷

　第一句目の「生きて会ふ一日の汗」に久しぶりの再会の喜びがあふれ出ている。輝子氏とは桂郎時代からの付き合いである。大いに語りあったにちがいない。

二句目の「よもつひらさか引き返す」にももう少し頑張ってみようという器の心情が伝わる。

三句目もまるで子供のように、一本の木苺をほおばり合う器や仲間が見える。

四句目は輝子氏の句碑を訪ねた折の句である。句碑がぱっと明るくなるような「睡蓮の十四五」本である。

五句目は輝子氏の夫のこけし作家の工房での一齣で、清涼な沢での夕暮れを楽しんでいる。

六句目以降は「増田の蔵」もので、旧家や酒蔵の様子が描かれている。

この吟行は器に生きる力を呉れたのではなかろうか。

さて、この句集をもう一つ特徴づけているのは、「命二つ」に基づきながら、その表現世界が自在になっていることである。歳を加えることも一因があると思うが、器流の「軽み」の句が見られる。

凍 星 を 源 流 に し て 大 河 か な

「凍星を源流にして」の発想と大景は、却って事実に頼らないから生まれたと言える。

雹打つて平らな水の沸騰す

これも「水の沸騰す」という措辞が雹の荒々しさに肉薄している。

冬の川時間の束のごと流れ

これは「冬の川」の流れを過去から現在への、あるいは人生の時と捉え、「時間の束」と言葉を置いている。

霧流る音か落葉松降る音か

「霧」と「落葉松降る音」に耳をそばだてるのは器の「心の耳」である。

天平の甍を辷る雀の子

「天平の甍」は法隆寺か。器は時空を超えてそこに遊ぶ雀の子を愛しんでいる。

初富士を枕にしたる寝釈迦かな

これもまた壮大な、また純日本的な「寝釈迦」である。想像するだけでも楽しい世界だ。

神々に恋して深山蓮華咲く

「深山蓮華」の真っ白な花は「神々に恋する色」なのである。これほど清らな恋はないであろう。

これらの句は器が「命二つ」でいう相手に吾をすべて預けた意識下での作品ではなかろうか。ここに来て器は、相手の命をまるまる輝かす世界を見せている。

ある人物が、器の俳句とその風貌を「俳句で煮しめたような男」と言ったことがあるが、ようやくここまで軽くなったのである。

さらに器の奔放自在な心は表現世界に「ユーモア」をもたらしている。

大望を抱ける竹の子も売られ

器は掘られた「竹の子」に感情移入をして、将来立派な親竹になれたものをと惜しむのである。

宙を飛ぶ店の自転車雲の峰

この「自転車」は自転車店の壁に掛かっている商品の自転車である。しかし「雲の峰」があると、この自転車は大空へ向けて飛んでいくように映るのである。メルヘンの世界が広がっている。

猫が木に登りて寒の明けてをり

「猫」が「木に登る」のと「寒の明け」は直接関係はないが、何かしら猫が活発になり、いよいよ春が近づいたのだと読み手に頷かせる。

どぜうにも仏在せり涅槃変

確か涅槃図の中には「どぜう」は登場しないが、あの顔を正面から見ると「仏」に見えなくもない。器は生きとし生けるものすべてが悲しむ「涅槃の日」に、ユーモラスな表情の「どぜう」を配したのである。

深呼吸して大き初日を羽交絞め

器は胸いっぱいに初日を浴び、大きく深呼吸する。その光を抱きしめんと両手を胸に交差するのである。「羽交絞め」とはなんと力強い言葉であろう。また誰が発想するだろう。

秋立つや水に手が出て足が出て

この句は器の奔放自在な心が作り出した極め付きの世界だ。意味を探る必要はない。器にだけ見える世界なのである。境涯俳句から出発した器が最後にたどり着いた世界と言える。

器はこの『月虹』を最後に句集をもう刊行することはなかった。器の新たな境地である奔放自在な表現世界が展開されたかもしれないがそれはかなわなかった。

器はその後、平成二十八年まで「風土」誌に作品を発表しているが、この句集以上の作品は見当たらない。八十代後半になり、外へ出ることも少なくなり、生活の匂いのする世界に距離を置いた句作りは、表現の素材と世界を狭め、それは自己模倣へともつながっていったのは否めない。

器は平成二十九年七月二十六日に静かにこの世に別れを告げ、月に照らされた虹を渡り、月の世界へと旅立った。

さて、私たちは第一句集『二代の甕』から第十一句集『月虹』まで、神蔵器の俳句の世界を辿ってきた。

それは境涯性の俳句から「命二つ」の新たな世界を確立する旅であった。この旅から何を学ぶか。それぞれの句集を特徴づける句をもう一度挙げておきたい。

『二代の甕』　昭和二十二年〜四十九年

日焼せぬ吾子を押しやる波の前

右肩の凝る癖あるも竹婦人

金澱む二代の甕や西鶴忌

煮凝や死後にも母の誕生日

『有今』　昭和五十年〜五十五年

爪寒し師と会ふレントゲン室の前

身をもんで一夜に枯るる萩の丈
年酒酌む口中に梅ひらくごと
寒椿いつも見えゐていつも見ず
凍滝を山に立てかく琴のごと

『能ヶ谷』 昭和五十六年～五十九年

田や畑や動かぬものに雪つもる
百里来て花かたかごは秘中の秘
夕立後夕立前のこと思ふ
下駄をはくときの男や初嵐
鳥帰るうつらうつらと大欅

『木守』 昭和五十九年～平成元年

葉牡丹の渦の芯より眼ぬく
目に消ゆるまで近づきて梅の花

綿虫にいのちの重さありて泛く
桂郎忌天より烏瓜はづす

『心後』　平成二年～六年

今生に白は紛れず冬かもめ
百打つて鮭打ち棒のころがれる
刈田ごと扇びらきにすずめ揚ぐ
いのちまた燃ゆる色なり初明り

『幻』　平成六年～十年

白牡丹そのまま月の牡丹かな
いなびかり沁み入る妻の髪洗ふ
なきがらの聖樹にふれて退院す
妻のゐるやうに音たて葱きざむ
牡丹焚くわれを投じて了りたり

『貴椿』　平成十年〜十三年

初日さす大竹藪の青しぶき

枯山へ餅搗く音のゑくぼなす

啓蟄や桂郎三鬼ぞろぞろと

たまきはる白のひびけり貴椿

くれなゐの空のさざなみ滝ざくら

『波の花』　平成十三年〜十五年

沸き上る海を毟りて波の花

涼風を村いつぱいに欅立つ

百一年子規の留守なり蟬の穴

山一つあたためてゐる冬すみれ

『月の道』　平成十六年〜十七年

いのちなり西行と佇つ青嵐
秋風を二三歩追へり見送れり
一本の村を出て行く月の道
放鷹会高貴な空をのこしけり
来迎の雲を放てり朴の花

『氷輪』平成十八年〜二十年

霞むこと覚えし山の寝釈迦かな
白鳥の帰りし空の日々濁り
亀鳴くを桂郎逝きてより聞かず
秋風の他は置かざる机かな

『月虹』平成二十一年〜二十四年

秋立つや水に手が出て足が出て
凍星を源流にして大河かな

天平の甍を辷る雀の子

初富士を枕にしたる寝釈迦かな

「命二つ」への道——総括編

筆者はこれまで神蔵器の句集を一冊ずつ読みながら、器にとって俳句とは何か。桂郎の影響を受けながらも、器独自の俳句表現をどう構築していったのかを探ってきた。あらためてその軌跡をたどり、「神蔵器の俳句の世界」を私なりにまとめてみたい。その前に器の師であった石川桂郎について少し触れておく。周知のように桂郎は石田波郷の高弟であり、波郷の境涯俳句を色濃く受け継いだ俳人である。また『剃刀日記』や『俳人風狂列伝』など小説家・随筆家としても活躍した。

あまり寒く笑へば妻もわらふなり
梅挿すやきのふは酒のありし壜に
一つづつ分けて粽のわれに無し

昼蛙どの畦のどこ曲らうか
父と子のはしり蚕豆とばしたり
太宰忌の蛍行きちがひ行きちがひ
ほと毛濃き農婦の初湯田を隔て
遠 蛙 酒 の 器 の 水 を 呑 む

ここに桂郎の句をいくつか並べてみた。
どの句も吾を、妻子を、つまり境涯を詠んでいることが解る。器もまたここから出発したのである。

秋 景 の 隅 に わ れ 置 き 囃 子 聞 く 『二代の甕』
や が て 喀 く 血 に 胸 う づ く 汗 の う ち 〃

いずれも胸を病んだ吾を詠んでいる。やがて病癒えて結婚をし、子をもうけて妻子を詠むことになる。

梅咲くや濡手の妻をいくど呼び　『二代の甕』

大根買ふ無造作の妻おそれけり　〃

子の声の天降る春の遊園地　〃

日焼せぬ吾子を押しやる波の前　〃

さらに吾や母をどのように詠んでいるのか。

柊挿す父を師として鋳職　『二代の甕』

金澱む二代の甕や西鶴忌　〃

母の病室逃げくれば竹皮を脱ぐ　〃

このように徹頭徹尾現実の生活の吾を中心に詠む境涯俳句を桂郎から学んだのである。ところが、第一句集『二代の甕』を刊行して一か月もしないうちに桂郎を癌で失うことになる。第二句集『有今』は桂郎へのレクイエムとなってしまった。

爪寒し師と会ふレントゲン室の前　『有今』

身をもんで一夜に枯るる萩の丈　『有今』
桂郎亡し朝顔の種子吹き分けて　〃
死におくれ牡蠣のうまさをかなしめり　〃

ここまで入院中から死後までの句を並べてみたが、器の心の動きが克明に伝わってくるのは、器の描写力の確かさに拠るものである。器はさらに鎊職の師である養父をも失うことになる。

父死なすためかげろふの坂急ぐ　『有今』
満身に花浴びて佇つ父の死後　〃

この二人の師の死は器に悲しみとともに自立を促したにちがいない。しかし皮肉にも鎊職としての「吾」を詠むことは極端に少なくなってきた。桂郎の後を継ぐ仕事が増えてきたのと、鎊職としての「吾」を微に入り細を穿つ表現は、『二代の甕』で詠み尽くしたのである。

さて、器は境涯性の俳句だけを作っているわけではない。

滝仰ぐ火のごときもの突きぬけて　『有今』
年酒酌む口中に梅ひらくごと　〃
凍滝を山に立てかく琴のごと　〃

いずれも比喩の句であるが、素材の大胆さと感覚の良さに驚く。また次の句には境涯性にとらわれない世界が広がっており、器の表現の多様さを示唆するものだろう。

寒椿いつも見えゐていつも見ず　『有今』
吹き起る野分の風をつかみ立つ　〃
厠より烏瓜まで眼の届く　〃
椿落つ樹下に余白のまだありて　〃

桂郎が亡くなって四年目の昭和五十四年、平本くららから「風土」主宰を引き継ぎ、五十九年第三句集『能ヶ谷』を刊行する。

田や畑や動かぬものに雪つもる　『能ヶ谷』

下駄をはくときの男や初嵐　『能ヶ谷』
朝顔や粥噴くまでを庭にをり　〃
吊皮に手首まで入れ秋暑し　〃
萩を刈るための力をのこしおく　〃

「田や畑や」の句は一つの認識に達しており、あとの句は境涯俳句の手法を取りながら、「吾」だけにとどまらず他者との共有性が見られる。境涯俳句の要素として「貧困」や「病苦」が挙げられるが、時代が変わりその要素が社会から遠ざかれば、「境涯俳句」は平凡な日常生活をなぞっただけの世界に転落する。「吾」の意識が日常の意識を出なくなるのだ。そこをどう抜け出すか。「下駄をはくときの男」は、「男」とすることで、器の自画像であるとともに、下駄を素足で履く解放感は、他者と共有できるのである。

主宰として活動することは、支部活動をはじめ旅が多くなることである。当然旅吟も増える。

鯉千貫揚げ泥臭し生臭し　『能ヶ谷』

鯉揚げのどん底の冷網しぼる　『能ヶ谷』

みちのくの「風土」同人、森屋けいじを訪ねた折の句で描写力が確かで臨場感がある。

さて器の俳句には独特の感性や意識に裏打ちされた世界があり、句集中に少しずつ広がっている。

夕立後夕立前のこと思ふ　『能ヶ谷』
こともなき二百十日の家めぐる　〃
雪の川向うを別の刻流れ　〃
鳥帰るうつらうつらと大欅　〃
太陽の中よりきちきちばつた来る　〃

日常を掬い取っているが生活の匂いが全体にが薄い。また自然の対象への感情移入の度合いが濃いなど、器がのちに提唱する「命二つ」へつながる句である。

次の第四句集『木守』はほとんどを旅吟の句でおさめており、器の主宰として、また俳句団体の役員としての活動が反映されている。主宰を務める俳人の句集の一つのパターンは免れない。

六月やポプラの丈に風の音　『木守』
（小岩井農場）

かたかごに逢ふ長靴をためらへり　〃
（岩手）

合掌の民宿弥次郎兵衛水を打つ　〃
（越中五箇山）

枯萩に放つ伐折羅の眼となりて　〃
（奈良）

燕のぞく戸毎二之町三之町　〃
（飛騨高山）

かまくらの白のくらやみ城の浮く　〃
（横手）

（佐渡）
流人墓ほたるぶくろは白ばかり　『木守』

（最上川）
最上川しまきが雀る波がしら　〃

（羽黒山）
命二つ一輪挿しにさくら蓼　〃

句集の旅吟の一部を挙げたが、最後の句に「命二つ」が登場する。これは芭蕉の「命二つの中に生きたる桜かな」を踏まえたものである。器はこの「命二つ」のことを、「風土」同人高橋銀次の句集『春の海』の序文でこう述べている。「私たちは桂郎から〈自分の顔を持った俳句を作れ〉と教えられてきた。しかしそれは桂郎の立前、本音はもっと謙虚に私意をはなれて一期一会を大事に人には勿論、自然のどんなものにも、そのものの微に触れ、物我ひとつになることであった」

綿虫にいのちの重さありて泛く　『木守』

「命二つ」がうまく具現化した句と言えよう。

そして第五句集『心後』の世界も旅吟が大半であるが、ドイツや中国など外国の句が登場する。これも俳句団体の役員としての活動の産物である。

（ドイツ）

バート・ホンブルク城栃の実嵐かな　『心後』

くるぶしに秋風の渦辻楽士　〃

（中国）

くちやくちやの人民券や西瓜買ふ　〃

牛追つて太陽に入る代田掻き　〃

ドイツに比べ中国の句の方がその地の暮らしへ踏み込んでいるのが解る。歴史や文化が日本と繫がっているからであるが、器の描写力に拠るところが大きい。

そしてこの句集の中で気にかかるのが兄の死や妻の病の句である。

七七忌兄を忘るるビール噴く　『心後』

救急車霜を降らする妻のこゑ　『心後』
余寒なほ畳を歩く妻の杖　〃
鳥帰る手を離るるはみなはるか　〃
死の見ゆるしだれ桜の中にゐて　〃
盆のもの流るる先を水流れ　〃

身ほとりが欠け、また倒れていく現実は器の俳句に昏い影を落としたにちがいない。「鳥帰る」以降の句はそれを如実に物語っている。喪失感の表明と言うべきだろう。
そして第六句集『幻』は妻の病から死へ、また死後を克明に描いた挽歌となっている。

いなびかり沁み入る妻の髪洗ふ　『幻』
冷えてゆく手に握らせて手をつなぐ　〃
なきがらの聖樹にふれて退院す　〃
寒椿まなこ閉づれば妻の咲く　〃
妻のゐるやうに音たて葱きざむ　〃

盆三日歩幅を見せぬ妻とゐて　『幻』

一人点す春の灯はひとり消す　〃

病の妻の介護から死を迎え、妻の死後の器の身ほとりを描いている。これはほんの一部であり膨大な句群には圧倒される。この句群を支えているのが器が学んだ境涯俳句の手法である。基本的にはフレーズ（事柄）に季語を取り合わすことが多い。ある事柄やモノ、人物や「われ」に沿って機微を捉えて世界を作り上げる。採りあげた妻の句で言えば、私たちは妻の状況を目の当たりにしつつ、器の表情や心の状態まで受け止めるのである。いずれにしても器の描写力の確かさからきている。

ここでもう一つ器の俳句世界を特徴づけるキーワードがある。それは「白」である。

今生に白は紛れず冬かもめ　『心後』

白牡丹そのまま月の牡丹かな　『幻』

たまきはる白のひびけり貴椿　『貴椿』

いずれもそれぞれの句集の第一句目か二句目に置かれている。器にとって「白」とは何か。第七句集『貴椿』から探ってみよう。「たまきはる白」の句について「一葦」主宰の島谷征良氏が「日本人は命、およびそのみなもとである魂を白い丸いものと感じ捉へて来た」（平成十四年「風土」一月号）と述べている。器にとって「白」とは「魂の色」なのだ。「たまきはる白」とは、貴椿の魂と吾の魂がこのうえなく響いたということである。これこそ器の言う「命二つ」が具現化されたものである。

器はこの『貴椿』で俳人協会賞を受賞し、平成十四年四月号の「俳句」でこう述べている。「平凡な人間が一人で俳句を作っても、それは苦しいだけで、いずれは行き詰まってしまうであろう。それより命二つ、相手に作らせてもらう方がよいのではないか。はじめは五対五で相手と切り結ぶ気構えであったが、やがて七対三、八対二となり、今は相手のふところに入って、どうすれば相手の命を輝かすことが出来るか、そのことだけを考えるようになった。」

器はここで、桂郎流の「吾」の表現の限界を述べ、相手（対象）に「吾」を限りなく投ずる表現を選んだと表明している。「吾を無にする」と言っているのではない。「吾が相手を輝かす」と言っているのだ。この物言いが虚子の言う「客観写生」の第二段階によく似ていることはすでに述べたが、器の「命二つ」の根幹に関わるので引用する。

「さういふ事（客観写生）を繰返してやつてをるうちに、その花や鳥と自分の心とが親しくなつて来て、その花や鳥が心の中に溶け込んで来て、心が動くがまゝにその花や鳥も動き、心の感ずるまゝにその花や鳥も感ずるといふやうになる。花や鳥の色が濃くなつたり、薄くなつたり、又確かに写つたり、にじんで写つたり、濃淡陰翳凡て自由になつて来る。さうなつて来るとその色や形を写すのではあるけれども、同時にその作者の心持を写すことになる。」（岸本尚毅著『俳句の力学』より）

たまきはる白のひびけり貴椿　『貴椿』
枯山へ餅搗く音のゐくぼなす　〃
初日さす大竹藪の青しぶき　〃
くれなゐの空のさざなみ滝ざくら　〃

これらの句は「相手の命を輝かせて」いないだろうか。またその後ろから器の心持が伝わって来ないだろうか。

「命二つ」の考えとは「客観写生の第二段階」、つまり「感情移入」の考えに近いと言える。ただし器の場合は相手（対象）の魂と吾の魂の交感が柱にある。それには死者の魂も含まれる。

妻の眼の中より出でて菊を焚く　『貴椿』
寒満月妻ののぼりしあとのなし　〃
啓蟄や桂郎三鬼ぞろぞろと　〃
白牡丹吾も百代の過客にて　〃
人日や楸邨の猫しんがりに　〃

これらは妻や桂郎、芭蕉、楸邨の魂と器の魂の自在な交感の句である。器はこの第七句集『貴椿』において「命二つ」の世界を完成させた。つまり桂郎の境涯俳句とは違う俳句の世界を確立したのである。言い換えれば「暮らしの匂い」のない世界へ移行したということである。一つ目には境涯俳句の限界を常に感じていたことがあり、二つ目には桂郎を失い、父母兄弟を失い、最愛の妻を失い、銹職を手放し、身辺の素材がなくなったことが挙げられよう。

第八句集『波の花』は旅吟が大半を占めるが、「命二つ」に基づく安定した句の世界が広がる。

いなびかり引揚の湾はがねなす（舞鶴）
人形座背景の竹皮を脱ぐ（若狭）
一つ火や闇の方舟動きだす（藤沢・清浄光寺）
百一年子規の留守なり蟬の穴（子規庵）
いのちなり西行墳の花仰ぐ（河内・弘川寺）
無宿の墓吸付け煙草雪にさす（佐渡）
まさをなる天にも流れ波の花（〃）
沸き上る海を毟りて波の花（〃）
山一つあたためてゐる冬すみれ（〃）

極め付きはタイトルにもなった「波の花」の句だろう。器の言う「命二つ」の対象へ丸々感情移入した作品となっている。最後の「冬すみれ」の句は器の全句集を通しても白眉の作品だ。

器はこの『貴椿』と『波の花』で「命二つ」の理念を具現化し、安定した世界を広げたといって過言ではない。

しかし器が脳梗塞で倒れる（平成十六年）ことで、器は外の対象よりも自己へ、また死の世界へと向かっていく。

何も考へない秋蝶の翅使ひ　『月の道』
たましひの離れてあそぶ月の萩　〃
来迎の雲を放てり朴の花　〃
炎天へ影削りゆく黒揚羽　〃
いのちなり西行と佇つ青嵐　〃
八月や過ぎゆくものに眼をひらく　〃
一本の村を出て行く月の道　〃

いずれもその後ろに死のイメージがある。そして最後の「月の道」はタイトルになっており、第七句集『貴椿』で妻の死を詠んだ「寒満月妻ののぼりしあとのなし」を踏まえている。つまり「月の道」は死者の魂の星である月への道なのである。その後の第十句集『氷輪』（氷輪は冬の月）、第十一句集『月虹』はすべて月をタイトルにしていることを考えれば、死者の魂との交感が根底にあることがわかる。

十六夜や歩けるところまで歩く　『氷輪』

冬満月人のくさりのちりぢりに　〃

「十六夜」の句は死者の魂の棲む月の光を浴びつつ、齢の続く限り歩こうという意志が感じられる。また「冬満月」の句は現世の孤独をひしと感じている分、死者の魂の世界への切望が伝わってくる。

全体に暗い色調の世界の『月の道』、『氷輪』、『月虹』の中で次の句は器の新たな表現世界を垣間見せたが、器の死がそれを止めてしまった。

石ころのみな賢くてクロッカス　『月の道』

初蝶生る正三角形ひもとけば　〃

夏空に小倉百人一首撒く　〃

泉打つ風のしっぽの唄ふかな　〃

凍星を源流にして大河かな　『月虹』

天平の甍を辷る雀の子　〃

秋立つや水に手が出て足が出て　『月虹』

これらの句の自在な発想と軽やかさが、境涯俳句から出発し、「命二つ」の理念によりその世界を抜け出し、さらにその先を目指し、たどり着いた器の最後の俳句世界であったと確信する。

※（句集『二代の甕』・『有今』・『能ヶ谷』・『木守』・『心後』・『幻』・『貴椿』・『波の花』・『月の道』・『氷輪』・『月虹』は昭和二十二年から平成二十四年までの句をおさめている）

あとがき

本書は「ウエップ俳句通信」に連載した神蔵器の十一冊の句集鑑賞「神蔵器を読む」をまとめたものである。

石川桂郎という境涯俳句の俳人の「風土」の門を叩き、桂郎の亡き後「風土」を引き継ぎ、桂郎とは違う俳句表現とは何かを模索した結果が「命二つ」という理念であった。

相手の命と向き合い、それを輝かすことに執した神蔵器の俳句表現の変遷を、本書から汲み取っていただければ幸いである。

神蔵器の句集鑑賞の連載を勧めてくださった大崎紀夫編集長に感謝し、力添えをいただいた「ウエップ」の皆様に記して御礼申し上げる。

令和二年夏

南　うみを

本書は「ＷＥＰ俳句通信」第103号（二〇一八年四月）から第114号（二〇二〇年二月）まで十二回にわたって連載されたものです。

著者略歴

南 うみを（みなみ・うみを）

昭和26年（1951）5月、鹿児島県生まれ
平成元年（1989）、「風土」入会、神蔵器に師事
平成28年（2016）、「風土」主宰を継承
俳人協会幹事
句集に『丹後』（第24回俳人協会新人賞）、『志楽』、自註『南うみを集』

神蔵器の俳句世界

2020年7月30日　第1刷発行

著　者　南　うみを
発行者　池 田 友 之
発行所　株式会社　ウエップ
〒160-0022　東京都新宿区新宿1-24-1-909
電話　03-5368-1870　郵便振替　00140-7-544128
印刷　モリモト印刷株式会社

※定価はカバーに表示してあります　ISBN978-4-86608-101-4